Mystère et con

Un conte.

Volume. 3

Elizabeth Sibthorpe Pinchard

Writat

Cette édition parue en 2024

ISBN : 9789361460616

Publié par
Writat
email : info@writat.com

Contenu

CHAPITRE . JE.

—— Les esprits
infectés Sur leurs oreillers sourds déchargeront leurs secrets. ——
Une grande perturbation dans la nature ,
pour recevoir à la fois le bénéfice du sommeil et faire l'effet de regarder.

MACBETH.

Laura, St. Aubyn , O'Brien et Mordaunt étaient assis d'un côté du feu, avec le plateau à sandwich devant eux ; de l'autre côté, jetée sur un canapé, Ellen aperçut un grand jeune homme maigre, qui, profondément absorbé dans ses pensées, ne remarqua pas son entrée. Une main pâle et maladive pendait immobile à son côté, l'autre lui protégeait les yeux, et sur son front ses cheveux noirs tombaient en boucles désordonnées ; sa tenue, bien que celle d'un gentleman, était évidemment négligée, et toute son apparence était

"Abattu, triste, blafarde, comme un désespéré ;
ou fou par les soucis, ou traversé par un amour désespéré !"

Comme Ellen entrait, Saint Aubyn se leva et, avec une émotion contenue, dit à voix basse :

"Mon amour, nous t'attendions;" puis un peu plus fort ; — « Monseigneur De Montfort, me permettez-vous de vous présenter... » il hésita et eut l'air de redouter de prononcer le nom... « à ma femme... à... . Dame Saint- Aubyn ?"

Tout en parlant, lord de Montfort sortit de sa rêverie, repoussa les boucles qui ombrageaient son visage et montra une belle figure, mais pâle et émaciée. Pendant un instant, ses yeux noirs et brillants brillèrent et ses joues s'empourprèrent sous l'effet d'une émotion soudaine. Il fit précipitamment deux ou trois pas en avant, comme pour saluer quelque ami connu ; mais voyant Ellen, qui, à moitié alarmée, s'appuyait sur Saint- Aubyn , il la regarda un moment avec une expression si sérieuse et si mélancolique qu'elle l'affecta extrêmement. Elle lui fit la courtoisie , et il baissa la tête avec l'air d'un parfait gentleman, mais ne parla pas, puis se jeta de nouveau sur son canapé.

Ellen s'aperçut que le corps de St. Aubyn tremblait d'une émotion contenue, et que le sien tremblait d'une sensation indéfinissable.

" Venez, Lady St. Aubyn , " dit Laura, " asseyez-vous ici près du feu ; vous avez l'air pâle et froide ; vous ne devriez en effet pas vous exposer à l'air de la nuit en traversant le hall et l'escalier. "

Ellen s'assit avec plaisir, et tandis qu'ils prenaient leur petit repas, elle jeta un coup d'œil vers le jeune homme, dont les manières mystérieuses lui impriment des sentiments d'une importance peu agréable : elle vit que, sous l'ombre de ses sourcils courbés, il regardait attentivement son. La tristesse sinistre de son visage parut à son imagination troublée présager un événement terrible, et elle devint si pâle que Laura, s'en apercevant, lui mit un verre de vin dans la main et la pria de le boire. Avant d'obtempérer, St. Aubyn dit: -

"Ellen, ni mes supplications, ni celles de son ancienne amie, Miss Cecil, ne peuvent convaincre Lord De Montfort de prendre le moindre rafraîchissement ; essayez, mon amour, si vous pouvez l'inciter à prendre un verre de vin avec vous."

Ellen, avec un effort soudain pour vaincre l'agitation de ses esprits, dit : « En effet, mon Seigneur, je serai très heureuse si Lord De Montfort me fait cet honneur . Puissé-je, mon Seigneur, » lui parlant, « faire ma demande. que tu le feras ? »

Les tons doux et persuasifs de sa voix semblaient le toucher ; il se leva, et d'une voix grave, mélancolique et impressionnante, dit :

"A *votre* demande, Madame !"

Il s'avança et prit à Laura un verre de vin qu'elle lui offrait ; il s'inclina devant Ellen et porta le verre à ses lèvres, mais s'écria aussitôt, tandis que toute sa personne tremblait d'agitation :

"Je *ne peux pas* le boire ! Dans *cette* maison ! Oh, mon Dieu !"

Il laissa tomber le verre et, se couvrant le visage de ses mains, il sortit précipitamment de la pièce.

O'Brien le suivit immédiatement, tandis que le petit groupe resté assis restait silencieux, consterné et étonné. Pourtant l'émotion de St. Aubyn tenait plus de la contrariété que de la surprise : il arpenta la pièce à grands pas précipités pendant quelques minutes, puis s'approchant d'Ellen, il dit en serrant sa main dans la sienne, qui tremblait d'agitation : « Cette scène a été trop pour moi. toi, mon amour : aurais-je pu imaginer que l'attitude de De Montfort aurait été si sauvage, je ne l'aurais pas amené ici ; La voix de Saint Aubyn semblait élevée par de profondes passions opposées : pendant un moment il s'arrêta, puis ajouta : « Tu ferais mieux d'aller te reposer, mon amour, et toi, Laura : je ne pense pas que ce jeune homme reviendra ce soir. "

Il sonna et demanda au domestique en attente où se trouvaient alors les deux messieurs . "Ils ont été dans le bureau, mon Seigneur", dit l'homme ; "mais ils sont maintenant partis dans leurs appartements, que Mme Bayfield a envoyés pour dire qu'ils étaient prêts à les accueillir."

Les dames se levèrent pour se retirer au moment où M. O'Brien revenait : il apporta les excuses de son élève à Lady St. Aubyn , disant que Lord de Montfort regrettait extrêmement que sa détresse se soit montrée si visiblement et l'ait sans doute alarmée. « Pardonnez-lui, Madame, » dit O'Brien : « c'est la première fois qu'il vient dans cette maison, ou même en Angleterre, depuis la mort de Lady St. Aubyn : et les souvenirs de la sœur qu'il a perdue si jeune, la sœur qu'il adorait, c'était trop pour lui."

" Sûrement, " dit Laura, " il devait lui être d'un attachement extraordinaire, puisque six années ne l'ont pas effacée de sa mémoire. " Elle soupira : la larme lui brisait les yeux ; car elle pensait : « Cela fait à peine autant de mois que j'ai perdu la plus douce sœur du monde, et pourtant elle est relativement oubliée.

"Il chérit chaque souvenir d'elle", a déclaré O'Brien, "avec un soin officieux : il porte constamment son portrait près de son cœur. Avant de quitter l'Espagne, il a insisté pour visiter sa tombe et a été si profondément touché que j'ai eu peur pour son raison. À vous, monseigneur Saint- Aubyn , je devrais m'excuser pour des détails qui, je vois, vous affligent, mais j'ai pensé qu'il était nécessaire de rendre compte de l'étrange conduite de mon élève.

Saint Aubyn s'inclina ; mais des traces de vexation étaient lisibles sur son visage expressif. M. Mordaunt s'enquit de l'état actuel de Lord de Montfort, ce à quoi M. O'Brien répondit qu'il l'avait laissé au lit et assez calme ; qu'il avait consenti à déjeuner avec la famille le lendemain matin, lorsqu'il espérait s'excuser personnellement auprès de la comtesse de l'alarme qu'il lui avait donnée.

Les louches se retirèrent alors, et chacune se rendit dans son appartement respectif. Lady St. Aubyn traversa sa propre chambre pour se rendre dans celle où gisait l'enfant : l'enfant et sa nourrice dormaient tranquillement. Elle s'agenouilla un instant près du lit et offrit une fervente prière au ciel pour la santé et le bonheur de son enfant et pour son père, qui semblait menacé par quelque mystérieux trouble. Le contraste présenté par le doux sommeil, l'innocence placide du visage du bébé, avec la scène d'anxiété et de confusion qu'elle avait quittée, l'affecta profondément . Les larmes coulaient sur ses joues et mouillaient les petites mains qu'elle tenait pressées contre ses lèvres. Enfin, se réveillant, elle retourna dans sa chambre , où Jane attendait pour la déshabiller : « Dépêchez-vous, Jane, dit-elle, je suis fatiguée. Jane obéit en silence ; car les regards pensifs de sa Dame avaient le pouvoir de calmer même ses penchants bavards.

Au bout de quelques minutes, Ellen fut allongée sur son oreiller et les battements tumultueux de son cœur commencèrent à s'apaiser. Au bout d'une demi-heure environ, elle entendit Saint- Aubyn se rendre à la chambre qu'il occupait actuellement, et crut qu'après que son valet de chambre l'eut quitté, elle l'entendit distinctement faire les cent pas dans l'appartement et soupirer lourdement : mais c'était peut-être surtout de la fantaisie ; car le vent hurlait et sanglotait toujours autour du château, dans sa grande salle et ses longues galeries. Parfois, cela ressemblait aux gémissements sourds d'une personne affligée ou souffrante : puis, en rafales plus aiguës, il secouait les hauts créneaux, ou balayait la cime des grands arbres, qui se courbaient et bruissaient sous sa puissance.

Ellen, agitée, inquiète, impressionnée par le visage mélancolique et la conduite étrange de leur mystérieux hôte, s'efforçait en vain de dormir et se tournait d'un côté à l'autre, apaisée seulement dans les intervalles de la tempête en entendant les douces respirations de son enfant, dont le canapé (la porte étant ouverte entre les pièces) était si près d'elle qu'elle pouvait distinguer avec précision chaque respiration qu'il respirait. Deux ou trois fois, elle eut envie de se lever et de l'enlever du côté de sa nourrice pour partager son lit ; car elle sentait combien elle serait heureuse, en cette heure troublée, de sentir sa petite joue pressée contre la sienne et de le serrer contre son cœur inquiet ; mais craignant de le déranger ou de lui donner froid, elle abandonna son projet et s'efforça de se calmer pour se reposer.

Enfin, juste après que l'horloge du Château eut sonné deux heures, elle eut l'impression que le sommeil envahissait ses sens fatigués ; mais partant d'un oubli momentané, elle entendit un pas léger, mais comme si la personne qui marchait ne portait pas de chaussures, s'approchant de la porte de sa chambre . C'était elle qui le savait détaché ; car de peur que l'enfant ne soit malade ou n'ait besoin d'une assistance supplémentaire, cela a toujours été laissé ainsi. En tressaillissant, elle écoutait : sa respiration devenait courte et son cœur battait audiblement à mesure que les marches se rapprochaient de plus en plus ; Pourtant, sans perdre sa présence d'esprit, elle écarta son rideau, et fixant ses yeux sur la porte, prête à s'enfuir dans la pièce intérieure, si, comme elle commençait maintenant à s'y attendre, un voleur de minuit croiserait son regard.

Lentement, lentement, la porte s'ouvrit et une grande silhouette mince, enveloppée dans une chemise de nuit ample, apparut à l'intérieur. "Soeur ! soeur !" dit une voix basse, tremblante et impressionnante : « ma sœur, es-tu réveillée ? Tu m'as demandé de t'appeler tôt.

La figure! la voix ! — Oh, qu'est devenue Ellen, quand dans les deux elle a reconnu le sauvage, le mystérieux, De Montfort ! Dans sa main pâle, il portait une lampe dont la lumière clignotante tombait par intervalles sur son visage sombre : tandis que ses yeux noirs et brillants étaient bien ouverts, mais, oh ! " leur sens était fermé."

De nouveau, tandis qu'il avançait dans la pièce, il répéta du même ton grave et triste : « Sœur *Rosolia* ! Quoi, tu dors encore ? Tu as dit que tu te lèverais tôt et que tu marcherais avec moi. Puis, s'arrêtant, il sembla rester debout, comme s'il attendait une réponse ; mais tout à coup, avec un sursaut de recueillement et un gros soupir, il s'écria : « Oh oui, je me souviens ! trop bien, je me souviens ! Tu ne peux pas te relever : tu ne te relèveras plus jamais ! — *Tu es mort ! tu es mort ! tu es mort.* ! "

De nouveau une pause solennelle s'ensuivit, et des soupirs, qui semblaient lui déchirer la poitrine, rompirent seuls le silence terrible du moment.

de nouveau avec une énergie d'action, comme si ses agitations endormies devenaient frénétiques, s'adressant comme pour répondre à celui qui lui avait parlé.

"Mais vous a-t-il assassiné ? Était-ce Saint Aubyn ? Dites-moi, je vous en conjure, et répondez *sincèrement* . Ne condamnez pas votre propre âme, et ô, Rosolia , n'impliquez pas la mienne dans une condamnation par un mensonge ! — Un mensonge ! — *Peut-on les morts mentent ?* — Et tu es venu me voir *ici* — oui, *ici* , dans cette même chambre, où, dans nos innocentes années d'école, tu dormais — pour me dire la vérité — la *vérité* , Rosolia .

Et maintenant, d'un pas plus rapide, il arpentait la chambre, comme s'il poursuivait quelqu'un qui fuyait devant lui, mais avec cette merveilleuse puissance instinctive qui accompagne souvent le somnambule, évitant tous les obstacles.

"Non, ne me fais pas voler !" il s'écria : « Ne me trompe pas ; car j'ai vu un ange à *ta place* cette nuit ; et si tu n'es pas un esprit faux et menteur, tu ne m'amèneras pas à lui faire du mal. Puis, s'arrêtant de nouveau, comme s'il écoutait quelqu'un qui parlait, il dit vivement :

"Je le sais ! Je le sais ! Ce *pistolet* ... cette *bague* ! Oui, oui, oui, oui ! C'étaient en effet de terribles preuves de sa culpabilité ! — Des années, des années, j'ai passé à y penser ! — Pourtant il dit : il jure qu'il est innocent... que c'était *De Sylva* ... que *tu* étais coupable ! Oh, dis-moi, Rosolia , était-ce... était-ce ainsi ?... Mais je prierai pour ton âme.

Il s'agenouilla, et posant la lampe devant lui sur le sol, la lugubre lumière tombait sur son triste visage, et montrait ses yeux tournés vers le haut et ses lèvres remuant comme dans une prière fervente, tandis que de temps en temps il se signait et inclinait son front vers le sol. Terre. Puis, se levant brusquement, il s'écria :

"Écoute, O'Brien appelle ! Il m'entendra - il ne connaîtra pas mes pensées. Ce n'est peut-être pas Saint Aubyn qui a versé ton sang : pourtant, oh, Rosolia - oh, ma sœur, c'est *ton* sang que j'ai vu ! Et en voici un peu sur ma main. »

Il lui serra violemment la main, et semblant la regarder sérieusement, il poussa un cri de terreur bas, lugubre et distrait, et se précipita hors de la pièce.

L'inquiétude et l'horreur avaient gardé Ellen silencieuse – elle ne s'évanouissait pas ; pourtant on pouvait à peine dire qu'elle vivait. Mais dès que ses pas s'éloignant la convainquirent qu'il était réellement parti, elle enfila à la hâte quelques-uns de ses vêtements et s'envola, à peine sensibilisée, jusqu'à la chambre de Saint-Aubyn . Sa porte était rapide, mais à coups répétés elle le réveilla, et grande fut sa consternation de la voir si pâle, si presque convulsée de peur et d'agitation.

"Ma vie la plus chère !" s'écria-t-il, qu'a donc cet enfant, pour l'amour du ciel ?

"Oh ! je l'ai quitté ! Je l'ai abandonné !" dit-elle avec terreur, toutes les portes s'ouvrent aussi, et ce pauvre garçon distrait reviendra peut-être, et qui sait quel mal il lui fera ! Oh ! volons vers l'enfant, et elle fit quelques pas précipités vers la porte. .

Aubyn étonné : vous rêvez, asseyez-vous sur cette chaise près du feu et ressaisissez-vous.

"Oh ! non , ce n'était pas un rêve", dit Ellen frissonnante, "je l'ai vu comme je vous vois maintenant ! il est venu dans ma chambre et a dit des choses si horribles !"

"Qui est venu dans ta chambre ?" s'écria Saint- Aubyn : "qui a osé s'immiscer, vous déranger et vous alarmer ainsi ?"

" Oh ! il dormait, je crois ! mais dans son sommeil... oh mon Dieu ! il parlait si horriblement... de choses si horribles... et invoquait sa sœur sur un tel ton ! Oh ! Je ne les oublierai jamais, jamais ! "

« Était-ce De Montfort ? » demanda St. Aubyn consterné .

"Oh oui, oh oui... De Montfort ! Oh, ses yeux, son visage, sa voix ! Je ne les oublierai jamais, jamais !" répéta-t-elle avec une agitation renouvelée.

"Malheureux jeune homme !" dit saint Aubyn avec un soupir. "Puisse Dieu que tu n'étais jamais venu ici ! Ne t'inquiète pas, mon Ellen, avec ses errances sauvages. À ce moment-là, j'avais espéré que le misérable qui avait causé ce terrible méfait aurait pu être retrouvé et que tout aurait pu être retrouvé. J'ai cherché en vain pendant des années. Pourtant, il échappe à ma recherche – peut-être n'existe-t-il plus.

" Il est pourtant temps de te révéler le passé ; mais maintenant tu es trop alarmée pour entendre cette longue et mélancolique histoire : retourne dans ton lit, mon Ellen ; essaie de te reposer pour moi, pour celui de ton bébé, qui doit souffrir, si sa tendre nourrice tombe malade : va te reposer, et je veillerai près de toi jusqu'au matin ; alors, chère et toujours chère créature, tout sera révélé mais souviens-toi de ta promesse, malgré toutes les apparences : toujours de le faire ; croyez-moi innocent!"

Elle parvint enfin à retourner dans sa propre chambre, mais Ellen supplia Saint- Aubyn d'examiner la galerie et de voir si de Montfort ne pourrait pas revenir visiter la chambre qu'il semblait si bien connaître ; et même lorsqu'elle était assurée qu'il n'était pas là, elle frissonnait toujours et pâlissait, comme l'imagination l'imaginait debout avec sa lampe dans l'embrasure de la porte, ou arpentant d'un pas désordonné le sol de la chambre.

Après avoir obtenu quelques heures de repos, qui l'avaient quelque peu restaurée, Ellen , sur rendez-vous, rejoignit de très bonne heure St. Aubyn dans son bureau, où il avait promis d'expliquer, autant qu'il le pourrait, les événements étranges et vexatoires qui s'étaient produits. si longtemps l'a plongé dans le plus grand malaise.

de Saint-Aubyn était triste , et la joue d'Ellen était encore pâle à cause de sa récente agitation lorsqu'ils se rencontrèrent. Sainte Aubyn , lui prenant tendrement la main, dit : « Je regrette à moitié, mon Ellen, que mon amour égoïste vous ait retiré de ce doux contentement et de cette gaieté qui entouraient votre paisible demeure lors de notre première rencontre, pour partager avec moi des soucis et des alarmes qui autrement tu ne l'aurais jamais su."

" Mon cher saint Aubyn , ne parlez pas ainsi, " dit Ellen avec une tendre larme : " tous les soucis, toutes les alarmes dont vous parlez, fussent-ils dix fois doublés, ne pourraient pas contrebalancer, à mon avis, le bonheur de étant une heure votre femme. Oh, croyez, mon Seigneur bien-aimé, que j'aurais choisi *ce destin, même si j'avais été sûr que le lendemain m'aurait amené la mort.* "Créature incomparable!" dit saint Aubyn en la serrant contre son sein : dans un tel amour, une telle tendresse, je suis trop payé pour toutes les douleurs que m'ont attirés les événements passés, pour toutes les inquiétudes dont m'entoure l'heure présente ! , très chère, autant que tu te souviennes de ce que tu as entendu du malheureux Edmond lors de sa visite nocturne à ton appartement.
Ellen, tandis que ses joues étaient blanchies par ce souvenir effrayant et que tout son corps tremblait en évoquant cette terrible visite, s'efforçait d'obéir, mais elle craignait de le choquer en répétant ces mots qui semblaient lier son nom à l'idée. de culpabilité et de meurtre; mais contrairement à son attente, il l'entendit sans surprise et avec un sang-froid calme, quoique triste : il soupira en effet profondément, mais aucune alarme ou perturbation n'apparut ni dans son visage ni dans son geste. Comme elle terminait, il dit : « Tout cela, je le savais ; mais je savais trop bien quels horribles soupçons ce malheureux jeune homme avait formé, et même il avait de grandes raisons de les concevoir. Pauvre Edmond ! ces pensées lugubres qui travaillaient dans

son esprit, et, comme il semble, caché à tous les autres, l'ont attaqué jusqu'à ce que la raison semble ébranlée, et que son esprit troublé se réveille alors même que ses organes corporels sont enfermés dans le sommeil. Ce n'est pas étonnant que, dans ce terrible tumulte de son imagination, il soit venu dans votre chambre, pour cela ! la chambre était celle de sa sœur lorsqu'elle rendait visite à ma mère avant même qu'on pense à notre malheureux mariage ; et souvent, sans doute, dans les jours de son enfance, il est allé à sa porte pour la réveiller à sa demande et la réprimander parce qu'elle dormait. si tard quand il voulait qu'elle marche avec lui : car il l'aimait tendrement ; et en ce temps-là, elle était innocente, et elle était pauvre ! Rosolia , quels que soient tes défauts, ton sort était épouvantable ! »

Il soupira et resta un instant silencieux.

CHAPITRE . II.

Un tel acte,
Qui brouille la grâce et la rougeur de la pudeur,
Appele vertu, hypocrite ; enlève la rose
Du beau front d'un amour innocent,
Et y plante une ampoule, et rend les vœux de mariage
aussi faux que divers serments.

HAMLET.

Ô vous, dieux ,
rendez-moi digne de cette noble épouse,
Les secrets de mon cœur partageront votre sein.

JULES CÉSAR .

"Je n'ai pas besoin", dit Saint- Aubyn , "d'en dire beaucoup sur ma première connaissance avec lady Rosolia de Montfort. Vous avez entendu, je crois, que *son père était un de mes* proches parents et que sa mère était une de mes proches. Dame espagnole d'une famille de haute noblesse, et étaient catholiques romains, les amis de la dame étaient extrêmement opposés à ce mariage et n'acceptèrent finalement qu'à la condition que les fils du mariage soient élevés dans des catholiques romains et après la mort du père, s'il le faisait. mourir pendant leur minorité, être confiée aux soins des parents de la mère. Rosolia aurait probablement aussi été catholique, mais sa mère est décédée jeune et elle a été confiée aux soins de ma mère et de Lady Juliana Mordaunt pendant les vacances . généralement ici, où ma mère et ma tante résidaient fréquemment ; et ici aussi Edmond passait presque toujours le temps de ses récréations scolaires, bien qu'à deux reprises ils soient allés en Espagne avec leur père et aient passé quelques mois parmi les relations de leur mère.

" Rosolia a grandi très belle, mais le caractère de sa beauté n'était pas tel qu'il convenait à mon goût : il y avait trop de hauteur dans son visage ; trop de fierté dans l'esprit qui l'instruisait pour me plaire ; pourtant dès notre première jeunesse les amis des deux côtés, nous désirions nous unir. Je n'avais alors aucune prédilection particulière pour aucun des membres de son sexe, et je ne pouvais rien lui reprocher, bien que ce ne soit certainement pas exactement le genre de femme que j'aurais dû choisir en ma faveur ; Cependant, cela paraissait évident et était trop flatteur pour qu'un jeune homme comme moi, une jeune femme qui avait des foules d'admirateurs, pour la plupart mes supérieurs en fortune et en qualité, puisse lui résister.

« Nous nous sommes donc mariés quand j'avais environ vingt-cinq ans, et Rosolia de six ans ma cadette. Pendant les deux années que vécut ma mère, nous restâmes beaucoup avec elle et à la campagne, sous ses yeux et cela. de Lady Juliana n'a pas découvert ces traits désagréables qui, bien que dormants, n'ont pas été vaincus.

« À la mort de ma mère, nous avons déménagé pendant un certain temps à Londres, et là Rosolia a mis au monde un fils, le seul enfant que nous ayons jamais eu. Mais , ah ! comme Rosolia était une mère différente de vous, mon Ellen ! Ne vous souciez pas d'elle. Aucune tendresse maternelle n'a subjugué, ni même adouci, la légèreté de conduite qui devenait alors manifeste et qui était finalement son fléau. La société de chaque fat oisif était préférée à la mienne : mes remontrances et mes remontrances. celles de ma respectable tante, et même de son propre père, furent ignorées. Mon caractère, naturellement enclin à la jalousie, s'enflamma de la légèreté de sa conduite, mais elle me méprisa, souvent en dérision ; la calomnie n'avait pas encore fixé le nom d'une personne particulière avec laquelle se lier avec elle, j'ai été obligé de me soumettre à la voir *flirter* , comme on dit, d'abord avec un admirateur, puis un autre, *et le dernier imbécile aussi bienvenu que le premier* . Ma tante, fatiguée et contrariée de notre malheur domestique, nous abandonna en grande partie et contracta une aversion pour Lady Saint- Aubyn , qui, dans une certaine mesure, s'étendit à toute sa famille. Edmond était toujours notre hôte fréquent, mais sa préférence pour sa sœur ne lui permettait pas de voir un défaut en elle, et en effet son extrême jeunesse me faisait lui cacher, autant que possible, les conditions difficiles dans lesquelles nous vivions ensemble. Nous étions mariés depuis environ trois ans, et notre petit garçon avait six mois lorsque le père de Rosolia mourut : par son testament, il me nomma tuteur des biens d'Edmond, jusqu'à ce qu'il atteigne l'âge de vingt-quatre ans, et me demanda de le faire. voyez-le placé sous la garde du duc de Castel Nuovo , conformément aux termes de son propre contrat de mariage avec la fille de ce noble.

« Je ne pouvais pas refuser cette demande, et pourtant je ne savais pas comment laisser ma femme en Angleterre ; car si sa conduite était si reprochable pendant que nous étions ensemble, à quoi devais-je m'attendre si je la laissais seule à sa propre direction ? En raison de la perversité de son caractère, je doutais qu'elle m'accompagnerait à l'étranger : elle y consentit cependant, poussée, je crois, plus par le désir d'être le plus possible avec son frère, plutôt que de m'obliger . de laisser l'enfant derrière moi, bien que ma tante ait proposé de le prendre uniquement en charge pendant notre absence, bien que Rosolia elle-même ne l'ait jamais vu, sauf pendant environ cinq minutes, une ou deux fois par jour.

« Cette singulière obstination inspira à ma tante l'idée (que j'avoue partager en partie) que l'intention de Rosolia était de laisser l'enfant avec ses parents paternels ; car, même si elle se disait protestante, elle avait certainement beaucoup de penchant pour les cérémonies catholiques. Église, et, j'ai le regret de le dire, elle tenait tous les principes religieux si à la légère, que pour me chagriner et contrarier ma tante, elle n'était que trop capable de remettre son enfant entre les mains de catholiques, pour qu'il puisse être élevé dans une religion qu'elle Je savais que ma tante était abhorrée, et je n'en avais pas une bonne opinion. Pour contrecarrer cela, ou tout autre plan qui pourrait être formé pour me retirer l'enfant, ainsi que pour garantir qu'il soit bien pris en charge, Lady Juliana a insisté pour que notre bien soit assuré. Bayfield devait nous accompagner et lui fit promettre de ne jamais laisser l'enfant hors de sa vue. Mais ces précautions, en fait, se révélèrent inutiles, car le pauvre bébé attrapa la petite vérole peu après notre débarquement à Cadix, où nous restâmes. peu de temps, et mourut dans mes bras, soigné avec les soins constants du digne Bayfield : car, oh, mon Ellen, ta tendre nature reculera quand je te dirai que sa mère insensible a refusé de le voir depuis le moment où le désordre est arrivé à son apogée. grande taille, alors qu'elle l'avait elle-même eue, parce que son apparence choquait trop sa délicatesse ! Cependant tous les soins qu'on put obtenir lui furent prodigués, mais en vain.

"Le pauvre Edmund a été sincèrement affligé de cet événement et a partagé mes heures solitaires et douloureuses; car il avait été attaché à l'enfant avec une affection excessive et avait toujours ressenti pour moi le respect le plus sincère, tandis que je le considérais comme mon propre frère et ne pensais pas. trop d'attention pour le servir ou lui faire plaisir.

« Peu de temps après la mort de l'enfant, nous nous rendîmes à Séville, et, dans la gaieté de cette ville, les attentions qu'elle recevait des parents de sa mère et les compliments flatteurs rendus à sa beauté par les foules de gentlemen qui l'entouraient maintenant, Rosolia bientôt perdu les traces de chagrin qui restaient pour la perte de son enfant. Elle était plus belle que jamais et brillait dans toute l'élégance de sa tenue vestimentaire et l'éclat des bijoux innombrables, avec lesquels j'avais une tendresse somptueuse, au début de notre mariage, et la libéralité de ses relations espagnoles l'avait abondamment fournie. Son grand-père, le duc de Castel Nuovo , dans le palais duquel Edmond devait être placé à Séville, se trouvait être absent, ayant été soudainement appelé à Madrid pour quelque affaire d'État importante, et m'écrivit pour me prier de rester un mois ou deux dans son palais, alors qu'il espérait y revenir pour recevoir de mes mains son petit-fils, voir sa petite-fille et me remercier de la bonté avec laquelle j'avais fait un si long voyage. N'ayant rien qui me rappelât immédiatement en Angleterre, je n'étais pas fâché de revoir davantage cet intéressant pays ; et entendant parler d'une belle villa à louer sur la rive de Guadalaxara , je m'y installai avec ma famille, la préférant à une résidence dans le palais du duc.

« Rien ne pouvait surpasser la beauté de notre petit domaine, ni la riche luxuriance du pays dans lequel il se trouvait. Cette villa n'était qu'à deux milles de Séville, où étaient alors stationnés plusieurs régiments , et tous les officiers de rang cherchaient avec impatience un présentation à moi et à la belle Rosolia . Parmi eux se trouvait un homme du nom de De Sylva.

À ce nom, Ellen sursauta, car elle l'avait entendu d'Edmond, la nuit précédente, au cours de ses folles errances ; mais jusqu'à cet instant, elle ne s'en souvenait pas.

"Pourquoi commences-tu, mon amour ?" dit saint Aubyn ; "Est-ce qu'une émotion intuitive vous murmure que c'était là le misérable dont la méchanceté m'a entraîné dans tant de misère ?"

"C'était le nom", dit Ellen, "dont je ne me souvenais pas tout à l'heure ; le nom que j'ai entendu d'Edmond."

" Sans aucun doute, " répondit Saint- Aubyn , " cela lui préoccupait l'esprit ; car hier soir encore, j'ai essayé de le convaincre de la culpabilité de ce méchant. Mais poursuivons.

" Ce De Sylva était un jeune homme d'une très belle personne et de manières élégantes ; un homme, en un mot, parfaitement propre à gagner la faveur de toute femme, qui regardait plus à l'apparence extérieure qu'au mérite intrinsèque. C'était, je l'ai appris plus tard, un joueur déterminé, aux fortunes brisées, voire ruinées , sans principes et souillé de nombreux vices ; pourtant, j'ai trop vite perçu cet homme comme la lumière que Rosolia avait choisie comme son principal favori . charmante personne exposée dans les danses fascinantes mais immorales de son pays : une exposition, oh ! comme elle est indigne d'une matrone anglaise ! même la grâce et la beauté, chez une femme mariée, sont déplaisantes, mais poussées à l'excès que Rosolia a fait, détestables. Comment pouvons-nous nous étonner des progrès alarmants que le vice a faits dans ce pays, quand nous voyons même des épouses et des mères, le moins du monde. drapés, et avec une liberté de manières presque illimitée, courtisant l'attention des hommes qu'ils savent être des personnages que ni l'honneur , ni même les liens de l'amitié ne peuvent retenir de la satisfaction de leurs passions.

"Pardonnez, mon Ellen, cette digression, dont vous avez si peu besoin; mais je m'attarde et m'attarde sur tout sujet qui peut me retenir un instant de ces scènes terribles que je dois bientôt décrire. Je parlais de l' intimité qui s'établissait maintenant entre ce De Sylva et Lady St. Aubyn . Dans la danse, la marche ou l'équitation, il était son accompagnateur constant ; et dans le dernier exercice , elle suscitait l'admiration de tous ceux qui la voyaient avec sa selle anglaise et sa tenue d'équitation. avec laquelle elle dirigeait son fougueux Arabe, s'attirait les applaudissements les plus flatteurs des gais admirateurs militaires qui l'entouraient constamment ; et surtout de De Sylva, dont les manières devenaient enfin si particulières et si présomptives, que je ne pus m'empêcher de le remarquer, et de le dire ; Rosolia, s'il ne changeait pas sa conduite, je serais dans la nécessité de lui interdire ma maison.

"Au début, elle se contenta de rire de mes menaces et tourna en ridicule tout ce que je disais, mais elle persista toujours dans la même manière de vivre, jusqu'à ce que je m'aperçoive que même dans ce pays gai, sa conduite était désapprouvée par tous ceux qui en étaient témoins, et qui n'avait pas perdu tout sens du décor ; même deux ou trois des officiers les plus âgés, des hommes de rang et d'importance, commencèrent à la regarder gravement et avec une sorte de mécontentement à mon égard, comme s'ils me trouvaient trop paresseux pour ne pas le faire. affirmant plus chaleureusement mon propre honneur . Je résolus donc maintenant de l'éloigner de l'endroit où elle avait tant d'occasions de rencontrer ce jeune homme, ce que, sans un *éclat* que je voulais éviter, je ne pouvais pas empêcher, car je la croyais innocente quoique imprudente, et de lui rendre visite. quelques-unes des scènes les plus intéressantes de la partie du pays où nous étions maintenant, espérant qu'un voyage, que je savais qu'elle n'avait jamais fait, donnerait une nouvelle tournure aux sentiments de Rosolia : nous partîmes donc avec notre suite, de la belle villa que nous avions récemment occupée, et nous nous rendîmes le premier jour à Cormona , où nous visitâmes son château, d'une immense étendue, mais maintenant entièrement en ruines ; de là nous suivions d'excellentes routes, mais très anciennes, jusqu'à Cordoue, où nous vîmes aussi tout ce qui méritait d'être remarqué, et passâmes quelques jours très agréablement ; au moins ils auraient été agréables, si Rosolia avait paru le moins du monde encline à apprécier les scènes nouvelles qui lui étaient présentées, ou les civilités des habitants de cette ancienne ville, où notre rang et nos relations avec le duc de Castel Nuovo nous assuraient un accueil hospitalier. accueil de toutes les familles nobles dont le genre de vie est gai et agréable.

« Après avoir quitté Cordoue, nous avons parcouru la délicieuse vallée du Guadalaxara , qui s'étend entre les crêtes de collines ornées de bois suspendus et d'oliviers. Rien ne pouvait surpasser la beauté du paysage que nous avons parcouru pendant deux jours. , qui n'avait pas entièrement perdu tout pouvoir de jouir des charmes de la nature, aurait pu être morte aux scènes enchanteresses que les rives de la belle Guadalaxara présentaient maintenant en succession toujours variée de vastes plaines, joliment teintées de rangées d'oliviers. des tours et d'anciens châteaux s'élevant de temps en temps au bord du ruisseau offraient une variété de vues charmantes et pittoresques, dont Edmond et moi tirâmes le plus chaleureux plaisir. Hélas, le cœur de Rosolia fut enfin fermé à tous. petite mais jolie villa au pied de la Sierra Morena , dont j'avais appris quelque temps auparavant qu'elle était inoccupée, que j'avais louée et préparée pour notre réception. La santé d'Edmond semblait quelque peu ébranlée par le climat très chaud de notre pays. demeurait près de Séville, et on pensait que l'air frais de ces montagnes renforcerait et revigorerait sa silhouette tombante. Ici donc nous nous reposions dans cette retraite tranquille, d'où je faisais de temps en temps des excursions, tantôt à pied, tantôt à cheval, dans les environs pittoresques de notre nouvelle demeure. Parfois je les étendais jusqu'au versant nord de la Sierra, et je visitais le pays romantique de La Manche, que Cervantès a immortalisé.

« Il est impossible de décrire les diverses beautés que présentent ces montagnes ; le torrent clair du Rio de las Pedras , tombant sur des lits de rochers, à travers des vallons de beaux bois ; les solitudes sauvages et peu fréquentées, couvertes d'une riche variété de fleurs et de douces Les arbustes parfumés et l'intéressante nouvelle colonie de La Corolina , dont j'espère un jour vous donner un compte plus complet, tout cela me rendit ces excursions d'autant plus délicieuses qu'elles occupèrent mes pensées et m'emportèrent ; une femme dont les humeurs capricieuses et la conduite incohérente rendaient ma maison ennuyeuse et de mauvais goût.

" Rosolia , fâchée d'être retirée de la société qu'elle appréciait tant, et plus encore d'être privée de la compagnie de De Sylva, adoptait alors les manières les plus agaçantes et les caprices les plus extraordinaires. Parfois, pendant un jour ou deux ensemble, le le son de sa voix n'atteignait jamais l'oreille d'aucun être humain ; mais plongée, dans une apathie affectée, elle faisait semblant de ne presque rien voir ou entendre de ce qui se passait, alors elle prenait soudain l'air le plus gai, et pendant des heures elle s'arrêtait à peine de parler ; me suivant sans cesse ; ne me permettant jamais de lire ou de réfléchir un instant ; chantant, jouant de sa harpe ou des castagnettes à la main, dansant avec une gaieté aussi désagréable qu'elle paraissait contre nature, jusqu'à ce que son esprit forcé soit tout à fait épuisé, elle elle tombait dans de violentes crises de colère et était conduite au lit, d'où elle ne se relevait pas avant plusieurs jours.

"Pensez seulement, ma chère Ellen, quelle vie cela a été pour moi. Sans autre compagnon (car Edmund n'était encore qu'un simple garçon), et redoutant à chaque heure ce que pourraient conduire les caprices de l'autre. Enfin, tout à coup , elle affectait une humeur nouvelle , et se promenait continuellement seule, même si tard dans la soirée, que dans le voisinage de ces montagnes sauvages, je craignais qu'il ne lui arrive quelque malheur, mais vaines étaient mes représentations, vaines mes supplications, me dit-elle. Elle pensait qu'il était difficile de se voir refuser le seul plaisir que mon caractère jaloux lui avait laissé, et que je ferais mieux de faire revivre les vieilles coutumes espagnoles des treillis et des duègnes, et de l'enfermer complètement. Ces discours, et bien d'autres, me firent taire ; mais je vis que notre bonne Bayfield souffrait d'une cause inconnue. Elle pleurait souvent et trahissait parfois un degré d'agitation qui m'étonnait, car en général son calme était remarquable, je supposais qu'elle était mécontente. Madame, comme elle n'avait que trop de raisons de l'être, la digne femme avait hâte de revoir l'Angleterre ; mais lorsque je l'ai insistée sur ce sujet, elle m'a assuré que partout où j'étais, là, elle était plus heureuse d'être ; et j'aurais seulement souhaité qu'elle *sache comment montrer au mieux son dévouement à mes intérêts* .

« Ces derniers mots semblaient prononcés avec une signification particulière, mais elle évitait toute explication. Un nouveau dépit nous assailleait maintenant, elle et moi : plusieurs des joyaux précieux de Lady St. Aubyn manquaient de temps en temps et étaient vainement recherchés.

" Rosolia affectait à leur sujet la plus parfaite indifférence, disant que, n'ayant personne pour les porter, elle ne se souciait pas des bijoux : mais Bayfield, qui était la seule personne qui, à l'exception de sa dame, avait accès à l'endroit où les bijoux étaient conservés, fut excessivement troublé de leurs fréquentes pertes. Enfin, une de mes bagues très fines et remarquables, composée d'un camée antique, serti de brillants de grande valeur, disparut également. Je commençai à soupçonner mon valet de chambre de ces vols répétés. , bien que j'aie obtenu de lui le caractère le plus excellent ; et qu'il ait été trois ou quatre ans à mon service sans le moindre soupçon de malhonnêteté à aucun égard.

"Déterminé cependant à surveiller cet homme, je n'ai rien dit de la perte de ma bague, pensant que si je ne semblais n'avoir aucun soupçon, je le détecterais plus facilement.

" Environ une semaine après cette circonstance, étant agité et incapable de dormir, je me levai de mon lit à minuit et restai assis quelque temps à ma fenêtre, regardant la lune brillante, qui, dans ce climat clair, donnait une lumière à peine inférieure à celle du jour : mais jugez de ma surprise , lorsque j'ai vu la silhouette d'un homme émerger lentement d'un bosquet de chênes-lièges, à quelque petite distance et, après avoir regardé attentivement autour de moi, passer près de mes fenêtres et m'approcher de celles de Lady St. L'appartement d'Aubyn . Nous avions depuis quelque temps habité des chambres séparées, car elle se plaignait de nuits agitées et choisissait d'avoir sa chambre pour elle seule. Je crus avoir maintenant détecté le voleur, qui, par un moyen quelconque, avait eu accès à ces chambres. , avait de temps en temps volé les bijoux dont je parlais ; mais au bout d'un moment je vis la fenêtre de Rosolia s'ouvrir, et elle-même y apparut et dit quelques mots à cet homme, sur lequel le clair de lune tombant plus clairement, je l'aperçus distinctement. la taille, la silhouette et les traits de De Sylva me plaisaient.

" Rosolia jeta aussitôt une légère échelle de corde, et l'homme, quel qu'il fût, commença à la monter ; mais tout à coup elle se détourna de la fenêtre, comme dérangée par l'entrée de quelqu'un dans sa chambre ; et faisant signe vers lui d'un air précipité, il descendit en toute hâte : elle ferma aussitôt la fenêtre, et l'homme courut vers le bosquet d'où il était apparu pour la première fois.

« Toute cette scène se passa si vite, que j'eus à peine le temps de me rappeler ou de déterminer ce que je devais faire ; mais, saisissant en toute hâte mes pistolets, qui étaient toujours chargés dans ma chambre, je descendis un escalier particulier qui conduisait au jardin, et avec J'ai suivi à pas rapides l'homme qui gisait caché dans le bosquet. J'ai marché aussi peu de bruit que possible, craignant que, s'il m'entendait, il ne s'échappe et que je ne sois privé de la satisfaction que j'attendais. que j'étais près de lui avant qu'il ne m'aperçoive, et le saisissant d'une poigne puissante, je l'entraînai au clair de lune, et là j'ai vu que c'était bien De Sylva.

CHAPITRE . III.

Ou suis -je? Ô Ciel ou suis -je? ou porte je mes voeux ?
Zayré , Nerestan — couple ingrat , couple affreux ,
Traitres arracher moi ce jour que je respire,
Ce jour souillé par vous . —— Ah que vois -je ? Ah ma soeur
Zayre !... Elle n'est plus.—Ah monstre ah jour horrible !

ZAYRE PAR VOLTAIRE.

─────────────

« La rage m'a presque étouffé lorsque je m'écria : « Méchant ! toi ici, et tapi sous mes fenêtres à cette heure ! Il trembla d'une lâche appréhension et tenta une excuse que, cependant, sa terreur rendait inarticulée : mais cette pause momentanée me laissa le temps de me recueillir, et dédaignant d'attaquer un homme désarmé, je lui lançai un de mes pistolets et lui ordonnai de se défendre. lui-même : encore une fois, d'un ton hésitant, il murmura quelques assurances qu'il était simplement venu voir Lady St. Aubyn's. sa servante préférée , une Espagnole nommée Theresa ; mais cette excuse éculée était trop superficielle pour obtenir un instant de crédit, et je le pressai encore de prendre une décision immédiate sur cette affaire. Il me demanda maintenant, un peu plus fermement, de me rappeler que si nous nous battions et qu'il tombait, quelle serait l'apparence d'un homme trouvé assassiné dans mes terres, à ce qu'il semblerait ; et d'un autre côté il faisait appel à ma générosité, quelle serait sa situation si j'étais tué, et surtout, quelle insulte serait jetée sur la réputation de Lady Saint- Aubyn par une telle affaire. Calmé par ces représentations, qui avaient certainement quelque chose de juste, j'ai finalement consenti à attendre le lendemain soir : dans l'intervalle, me dit-il, il passerait dans une petite Posada du quartier , où, dit-il, il avait un un ami qui l'attendait, qui l'accompagnerait dans un endroit que j'ai mentionné près des montagnes ; et pendant le même intervalle, je dis que je me rendrais à Almana (la petite ville voisine), où résidait un gentleman avec qui j'avais quelque connaissance, et sur qui je persuaderais d'être mon second dans cette affaire : puis lui ordonnai de conserver le pistolet. , et l'amener préparé, comme je devrais le faire pour son semblable, au lieu de rendez-vous, je lui dis sévèrement que si je le revoyais caché sous mes murs, je n'attendrais pas l'événement du lendemain soir, mais le traiterais comme un voleur de minuit méritait d'être soigné. Je le quittai alors et retournai à la maison : une faible lumière brillait encore aux fenêtres de la chambre de Rosolia , mais l'échelle de corde était retirée et les rideaux fermés, de sorte que j'en conclus qu'elle avait renoncé à tout espoir de revoir De Sylva. nuit. J'ai veillé cependant jusqu'au matin, mais tout était calme, et je me suis alors jeté sur mon lit pour obtenir une heure de repos ; après quoi je me levai et passai quelque temps à régler mes affaires et à écrire quelques lettres, à remettre au cas où je tomberais dans le duel avec de Sylva.

« Après cela, je me rendis dans la chambre de Lady St. Aubyn : à la porte, je rencontrai Bayfield, qui, pâle et les yeux gonflés de pleurs, avait l'air d'avoir, comme moi, veillé toute la nuit.

« Mon bon Bayfield, dis-je, où est votre dame, et pourquoi avez-vous l'air si alarmé et hagard ?

"Elle m'a répondu, mais avec une certaine confusion, que sa dame était juste habillée et qu'elle avait été amenée à veiller dans la chambre voisine de Lady St. Aubyn presque toute la nuit, après avoir entendu des bruits qui l'avaient incitée à *se lever à minuit* . et je me rendis à l'appartement de sa dame, qu'elle trouva également très agitée, et c'est pourquoi elle y était restée jusqu'au matin. Je n'ai fait aucun doute, et j'ai ensuite trouvé que cette conjecture était juste, que les soupçons de ma fidèle vieille servante ayant été excités, elle était allée chez elle. sa chambre, et en l'interrompant, avait provoqué le renvoi soudain de De Sylva, et depuis lors j'avais passé la nuit à pleurer les mauvais penchants de Rosolia , cependant, sans m'arrêter pour aucune explication, je la quittai et passai dans l'appartement de la comtesse : elle partit. à ma vue, car ces derniers temps nous ne nous étions guère rencontrés qu'aux repas, et sa mauvaise conscience lui avait appris à considérer ma visite comme extraordinaire, je lui dis sévèrement de s'asseoir et de m'entendre, et je lui racontai alors les événements de. la nuit précédente : d'abord elle trembla et pâlit, mais retrouvant bientôt son effronterie, elle essaya, comme d'habitude, de plaisanter sur ce qu'elle affectait d'appeler ma ridicule jalousie.

"Remarque, Rosolia !" m'écriai-je en me levant et en saisissant avec empressement son bras, car, avec un mépris affecté, elle essayait de se précipiter devant moi. 'Notez moi! Je ne dois plus être trompé. *Ce soir, ce soir vengera mes blessures trop longtemps endurées* ; *le misérable* qui m'a si profondément fait du tort, *ce bras le punira* .

" A ce moment, tandis que mes regards furieux étaient fixés sur son visage, où la rage et le dédain combattaient la honte et la peur, Edmond entra dans la pièce et dut, je le savais, avoir entendu les menaces que je prononçais : il sursauta et parut étonné, car Si fréquentes que fussent nos altercations, elles n'avaient jamais atteint une hauteur aussi alarmante.

"Je les ai laissés ensemble et, prenant mon cheval, je suis allé à Almana , où, malheureusement, je n'ai pas trouvé mon ami à la maison; et après avoir attendu son retour jusqu'à ce que je craigne de ne pas arriver à ma villa assez à temps pour garder mon rendez-vous, je quittai les lieux seul, et entrant simplement dans la maison pour prendre mon pistolet, je courus à l'endroit désigné. Là j'attendis, vainement attendu, pendant près de deux heures : aucun de Sylva n'arriva et conclus qu'il ne voulait alors pas ; Pour respecter son rendez-vous, et quelques vagues craintes me pressaient que Rosolia pourrait être le partenaire de sa fuite, je me suis dépêché de retourner à la villa quand j'arrivais , et juste au moment où j'entrais dans le hall, chaud et désordonné. N'ayant pas changé de tenue depuis la veille, et dans le trouble de mes pensées, ne cachant même pas le pistolet que j'avais à la main, je rencontrai Edmond, qui me demanda avec empressement où était sa sœur.

« Je ne sais pas, dis-je ; mais mille soupçons jaillirent dans mon cœur et donnèrent à mon visage et à mes manières une agitation qui dut lui paraître extraordinaire . » N'est-elle pas dans son appartement ? J'ai été dehors toute la journée. et je ne l'ai pas vue depuis que je l'ai laissée avec toi ce matin.

« Moi non plus, dit Edmond, depuis une demi-heure avant de vous voir revenir à cheval ; elle s'est alors plainte d'un violent mal de tête et a dit qu'elle essaierait si l'air du soir l'enlevait : je lui ai proposé de marcher avec elle. mais elle dit qu'elle préférait être seule, car elle avait de quoi occuper ses pensées : elle m'embrassa aussi, ajouta Edmond, et me dit adieu en soupirant amèrement et en disant que son cœur était lourd et plein de terreur : pourquoi alors ", dis-je, " veux-tu y aller seule, ma sœur ? pourquoi ne pas me laisser marcher avec toi ? Je pense vraiment qu'il y *a* un danger à sortir tard si près des montagnes. Elle se força à sourire et répondit : elle ne craignait rien des montagnes : toutes ses misères et toutes ses terreurs venaient de chez elle.

"Ingrate Rosolia ", répondis-je, tandis qu'Edmond me racontait ceci ; ce à quoi il répondit : -

" Ah, monseigneur, cela me chagrine de vous voir tous deux si malheureux ; j'espère que le retour de mon grand-père rétablira bientôt dans une certaine mesure votre confort domestique ; il persuadera Rosolia d'être plus accommodante à vos souhaits. "

"J'ai soupiré et lui ai demandé par où sa sœur était partie.

"À travers le bosquet de lièges", répondit-il, "et vers l'Ermitage, qui est, je sais, sa retraite préférée ."

« Sûrement, dis-je, elle ne resterait pas dans cet endroit solitaire jusqu'à cette heure tardive ; pourtant, sa conduite a été si étrange depuis quelque temps , je ne sais que supposer : appelez les domestiques, mon cher Edmund, pour qu'ils apportent lumières, car dans cette retraite sombre, il fera tout à fait noir, et partons à sa recherche.

"Nous partîmes en conséquence, accompagnés de deux domestiques et de mon bon Bayfield, qui, craignant, comme elle le dit, que sa dame ne soit malade, insista pour nous accompagner. L'endroit vers lequel nous dirigions nos pas était à un quart de mile de la villa et, comme je l'avais dit, au moment où nous y arrivâmes, la nuit était déjà tombée.

« Cette sombre cellule se dressait au pied d'un rocher profond, enchâssé dans d'épais bosquets : un ruisseau de montagne tombait d'une hauteur considérable près d'elle, et le seul fracas de ses eaux rompait le silence de cette retraite isolée, qui s'appelait l'Ermitage, de le style particulier dans lequel il était aménagé. Pendant quelque temps avant d' y arriver, nous avons fait résonner les fourrés environnants du nom de Rosolia : mais tout était silencieux, sauf le murmure de la brise et le fracas de la cascade. J'en ai conclu que ma femme était partie. je suis parti avec le tristement célèbre De Sylva, et tout mon corps a tremblé de rage et d'agitation.

« Pourquoi tremblez-vous autant, mon Seigneur ? dit Edmond effrayé, qui s'accrochait à mon bras : « pensez-vous qu'il soit arrivé quelque mal à ma sœur ?

« Je ne sais pas, répondis-je, mais j'en ai peur, j'en ai très peur !

"À ce moment-là, nous entrâmes dans le sombre Ermitage : tout était sombre et calme ; l'écho de nos pas seul rompait l'affreux silence. Les hommes qui nous accompagnaient levèrent leurs torches pour jeter une plus grande lumière dans la cellule ; et... ah ! mon Ellen, Je crains de choquer votre tendre nature en décrivant la scène horrible qui s'est présentée à nos yeux. — Imaginez nos sensations lorsque nous avons vu la malheureuse Rosolia étendue sur la terre, ses vêtements blancs teints dans le *sang* que quelque main, soit accidentellement, soit par la main ! car en soulevant le corps, alors raide et froid, on découvrit une blessure à l'arrière de la tête, qui était évidemment l'effet d'une balle de pistolet, et qui lui avait causé la mort . pâle, mon amour : cela me fait de la peine de t'affliger, mais pense quelle fut *ma* détresse, quand Edmond, qui, dans un désespoir frénétique, s'était jeté près de sa sœur assassinée, trouva l'arme fatale qui avait commis cet acte d'horreur, et moi j'ai tout de suite vu que c'était le même pistolet que j'avais en main lorsqu'il m'a rencontré dans la salle, remarquable par sa construction et sa fabrication particulières ; celui-là même, en somme, que j'avais donné à De Sylva. Jamais, jamais je n'oublierai le regard de ses yeux sombres à cet instant : j'ai vu les terribles soupçons qu'il avait, à cet instant, conçus, et qui furent encore plus fatalement confirmés par ce qui suivit aussitôt.

"Mon pauvre Bayfield, plein de chagrin et d'horreur, était en train d'organiser, avec tout le soin que les circonstances permettaient, le transport du corps jusqu'à la maison, lorsqu'il vit quelque chose briller au milieu de l'horrible obscurité qui nous entourait, et nos torches s'éteignant à peine se brisèrent, elle s'est penchée et a ramassé *ma bague* , cette bague bien connue, que j'avais effectivement perdue, mais je ne l'avais pas dit et dont elle, par un sentiment impulsif, craignant peut-être que sa vue à cet endroit ne m'implique dans la fin ; triste événement, tenta de le cacher dans son sein.

"Qu'est-ce que c'est?" s'exclama Edmund à moitié frénétique, se précipitant vers elle et lui saisissant la main. « *Votre bague* , mon Seigneur, *votre bague* ! à ce moment-là, à cet endroit. Le pistolet aussi, ces terribles menaces de vengeance. Ah mon Dieu ! Ah mon Dieu ! quelle horrible conviction me vient à l'esprit . Rosolia ! pauvre chère sœur !… Ah ! lâchement, lâchement assassinée ! et il tomba par terre, insensé.

« Les domestiques qui nous accompagnaient étaient des Espagnols et ne comprirent pas un mot de ce qu'il disait : mais Bayfield restait l'image du désarroi.

" Ah, mon Seigneur, dit-elle, fuyez, si en effet votre main a commis cet acte par accident, car pensez à ce que vous deviendrez au milieu des catholiques bigots qui chercheront à se venger. "

"Voler!' J'ai répété : « mon bon vieil ami ! Peux-tu me croire coupable ?

"Oh non, mon cher Seigneur", répondit-elle, jamais, jamais ! mais pensez à ce que ces malheureuses apparences diront contre vous à ceux qui vous connaissent moins que moi.

« Quoi qu'ils disent, je le braverai, m'écriai-je. Je ne me soucie pas beaucoup, après ce terrible moment, de ce qui adviendra de moi ; mais jamais, par une fuite ignominieuse, je ne m'avouerai tacitement coupable, alors que je sais et ne peux sûrement pas manquer de le faire. prouve mon innocence.

« Quelques minutes plus tard, un des hommes qui, alors qu'Edmond tombait dans la transe mortelle dont nous cherchions encore en vain à le sortir, s'était enfui vers la maison pour demander de l'aide, revint avec presque tous les domestiques, qui se pressaient avec empressement pour satisfaire leur curiosité, et dont on peut facilement concevoir l'étonnement et les questions impatientes. Entre eux, ils transportèrent dans la maison leur maîtresse assassinée et Edmond encore insensible, dont nous imaginâmes un moment qu'il avait réellement suivi le sien . être impossible : un express fut immédiatement envoyé au duc de Castel Nuovo , et j'envoyai plusieurs hommes dans les montagnes et dans les environs chercher de Sylva, dont je ne doutais pas de la main de la blessure mortelle, soit par accident, soit à dessein, J'ai décrit sa personne et son apparence, disant qu'un tel homme avait été vu rôder autour de la maison la nuit précédente.

« Certains domestiques ayant remarqué le caractère capricieux et, depuis peu, les manières mélancoliques de Rosolia , suggérèrent qu'elle s'était détruite ; mais la situation de la blessure empêchait une telle possibilité. Pardonnez-moi, mon amour, ces choquantes détails : ils sont en effet peu adaptés à la tendresse de votre nature ; mais sans un récit très précis de ce malheureux événement, il vous serait impossible de juger quelles étaient les preuves de ma culpabilité apparente, ou de ma véritable innocence.

"Edmond s'est lentement remis de son profond évanouissement, mais sa raison a été perdue pendant un certain temps, et toutes les compétences du personnel médical autour de nous ont échoué pendant des semaines à la récupérer. Pourtant, il me connaissait toujours - toujours avec une expression de la haine la plus vindicative. ses yeux me poursuivaient. Ses paroles soulignaient souvent la nature de ses soupçons ; mais il divaguait si constamment qu'ils restaient inaperçus, sauf de moi et de Bayfield : trop fatalement, hélas ! passé, et elle me dit qu'elle n'hésitait pas à croire que de Sylva était l'auteur de cette affreuse tragédie. Retrouver ce scélérat paraissait impossible : mes domestiques revinrent, après une semaine de recherches dans toutes les directions, sans avoir découvert la moindre trace de lui. En effet, il est extrêmement difficile de retrouver un fugitif dans ce pays sauvage et romantique : des bois immenses, des grottes profondes et les recoins de vastes ruines pourraient facilement mettre un tel fugitif à l'abri des poursuites.

"J'ai fait part aux serviteurs de l'idée que des bandits des montagnes avaient trouvé leur Dame dans sa promenade solitaire, car ils savaient tous que j'avais souvent craint que ce soit le cas et l'avaient assassinée pour l'argent et les bijoux. elle en avait sur elle ; et en vérité, beaucoup d'entre eux l'avaient vue sortir avec de riches ornements, qu'elle portait habituellement, et qui certainement étaient retirés du corps.

"En fouillant l'Ermitage le lendemain matin, on trouva un colis contenant un habit espagnol complet pour un garçon et une lettre - au moins une partie d'une lettre, car une partie avait été arrachée, et le reste ne contenait que ces mots :

A l'Ermitage ce soir nous devons voler
directement St. Aubyn attendra venir seul

"J'ai facilement imaginé que cela faisait partie d'une lettre de De Sylva, nommant Rosolia pour le rencontrer à l'Ermitage . "Saint Aubyn attendra" faisait évidemment allusion au fait que je l'attendais à l'endroit qu'il avait désigné pour me rencontrer ; pourtant même ces paroles semblaient m'impliquer fatalement dans cette horrible transaction : alors que, si l'ensemble avait été conservé, cela m'aurait entièrement disculpé de tout blâme : ainsi malheureusement les circonstances se sont combinées pour me jeter l'apparence de la culpabilité.

"Quand mon messager revint de Madrid, j'appris que le vénérable duc de Castel Nuovo était trop malade pour voyager : il laissa entre mes mains toute la direction de cette mélancolique affaire, s'exprimant convaincu que certains des bandits, que l'on connaissait bien, infesté la Sierra Morena , avaient été les meurtriers de sa petite-fille. Il m'a supplié de prendre le plus grand soin d'Edmond et m'a invité, lorsqu'il serait suffisamment rétabli, à l'accompagner à Madrid, ou si je ne pouvais pas me permettre de le faire. de l'envoyer par quelqu'un à qui je pourrais me confier, et qui le verrait placé en toute sécurité sous ses propres soins ; et conclu par de très aimables expressions de regret qu'il avait été si totalement hors de son pouvoir de me prêter ces attentions personnelles pendant mon séjour. rester en Espagne, ce qu'il avait si ardemment désiré faire.

"Ainsi, je me trouvai complètement exonéré de tout soupçon d'avoir eu une quelconque part dans ce terrible événement tardif, sauf dans l'esprit d'Edmond, qui avait alors recouvré sa raison et recouvrait peu à peu sa santé, mais qui paraissait toujours sur moi avec horreur et aversion, et fut plongé dans la mélancolie la plus profonde et la plus sombre.

« Incapable de supporter longtemps cet état d'éloignement et d'anxiété, je me rendis un jour dans sa chambre et m'assis près du canapé sur lequel il était couché : « Je vois, Edmond, dis-je, je vois trop clairement les horribles soupçons. vous avez formé, et la haine sombre, si peu naturelle à votre caractère, qui s'attaque à vos entrailles. Vous ne pouvez pas non plus supporter longtemps un état si misérable, ni Saint- Aubyn n'est né pour être l'objet de soupçons si cruels, ni Edmond pour les supporter. Écoutez-moi donc patiemment ; et bien que, par tendresse pour la mémoire de la malheureuse Rosolia , j'aurais, si possible, caché sa mauvaise conduite au monde entier, et surtout à vous, les circonstances m'appellent si impérativement à la révéler. que je ne peux plus me taire.

« Moi alors, mon Ellen, je lui ai raconté toutes les circonstances, comme je l'ai fait avec vous ; et bien qu'il ait évidemment hésité, le préjugé qu'il avait conçu était si fort qu'il n'était pas entièrement convaincu.

« Pour le pistolet, dit-il, vous en avez en quelque sorte compte : il se peut, si cette histoire est vraie, qu'il ait été placé là par de Sylva ; c'est peut-être sa main maudite qui a versé ce sang, ce sang précieux, que pourtant en imagination je vois couler à mes pieds ! Mais ah ! Saint- Aubyn , d'où vient cette *bague* , cette bague bien connue, que je vous ai si souvent entendu déclarer que vous appréciiez plus que tous les joyaux en votre possession ?

« Il n'est pas en mon pouvoir d'en rendre pleinement compte, dis-je, mais sur mon honneur , je vous assure que je l'avais manqué plusieurs jours, bien que, dans l'espoir de découvrir le voleur, je n'en ai pas parlé. Je sais que plusieurs des bijoux de Rosolia ont été perdus récemment ; et plusieurs fois, depuis que nous sommes ici, elle m'a demandé des sommes d'argent, bien qu'ici elle n'en aurait pas eu besoin, mais elle était prête à la satisfaire même dans ses fantaisies ; bien qu'ils n'aient pas milité contre ma paix et mon honneur , je ne l'ai jamais niée ni demandé d'explication ; pourtant, en fouillant son écritoire et ses tiroirs, aucun argent n'a été trouvé. Cela me porte à croire, bien plus, que non plus. le misérable, De Sylva, a volé cette bague et les autres objets de valeur disparus, ou bien elle les lui a donnés lors des réunions dont Bayfield est maintenant propriétaire, elle est convaincue qu'ils *ont* eu fréquemment ces derniers temps.

"Impossible impossible!' s'écria le jeune noble mais prévenu : « Rosolia n'aurait pas pu daigner favoriser , même avec son amitié, une misérable aussi mesquine que celle qui aurait reçu de ses mains de l'argent ou des bijoux. Cette histoire, mon Seigneur, tient mal, et pour cela. Je n'ai que votre parole, la parole de quelqu'un pour qui il est de la plus haute importance que je la croie. Mais pensez, oh, quel enchaînement de circonstances apparaissent comme preuve contre vous ! Les menaces que *je* vous ai entendu prononcer. que votre propre main vengerait le soir même vos blessures ! Je vous ai rencontré, échauffé et confus, après deux heures d'absence, personne ne savait où, avec un pistolet à la main – le camarade trouvé déchargé par la chère Rosolia assassinée – et, surtout votre bague, que Bayfield, impressionné sans doute par des soupçons semblables, s'efforçait de cacher, mettez tout cela en bataille contre vous, et dites-moi, dites-moi vous-même, ce que je dois, ce que je dois croire.

« C'est assez », répondis-je : « je me soumets donc à votre volonté. Emmenez-moi, si tel est votre désir, en prison, à la mort : votre témoignage, je le sens bien, sera suffisant pour me convaincre, pour me voler. de mon honneur et de ma vie. Mais comptez-vous pour rien votre ancienne connaissance de mon caractère et de mon caractère ? Suis-je susceptible d'avoir commis un tel acte ? d'avoir inventé une telle histoire pour l'excuser, si je l'avais fait ? je te le jure, Edmond, par tout ce qu'il y a de plus sacré, *je suis innocent* , je le jurerai jusqu'au dernier moment de mon existence.

"Ému par ces paroles, par le souvenir de toute mon ancienne amitié pour lui - permettez-moi de dire, par le souvenir des années que j'avais passées de manière à l'impressionner avec une ferme opinion de ma vertu et de ma véracité, le jeune généreux s'arrêta quelque temps, et enfin il dit :

"Eh bien, monseigneur, puisque dans cette contradiction d'affirmation et d'évidence il est impossible que je sache quoi croire, j'agirai au moins pour le moment comme si je vous croyais innocent. Cherchez ce De Sylva, cherchez-le. si vous le souhaitez, dans le monde entier, je ne soufflerai aucun mot, ni ne laisserai entendre aucun soupçon qui pourrait vous empêcher dans vos recherches. Si vous parvenez à apporter sa confession comme preuve de votre intégrité, je vous demanderai alors pardon pour mon incrédulité. , au contraire, de nouvelles apparences de culpabilité s'élèvent contre vous ; si de nouvelles découvertes contraires à votre innocence étaient faites , je saurai encore comment vous joindre.

" Ici, séparons-nous ! Dès que mon état de faiblesse le permettra, je quitte ce toit fatal et détesté, et je rejoindrai mon grand-père à Madrid : j'apprends par ses lettres ce que vous lui avez fait croire sur ce sujet choquant. Si En effet, si votre histoire est vraie, je dois reconnaître avec reconnaissance la tendresse indulgente avec laquelle vous avez traité la réputation de ma pauvre sœur. — Mais oh, pourrait -elle, pourrait-elle être si coupable ? — En tout cas, c'est bien le cas ! Duke devrait croire à votre affirmation. A son âge, les doutes qui m'ébranlent ainsi le tueraient ! — Ne nous rencontrons plus à l'heure actuelle. Si De Sylva était retrouvé, écrivez-moi : écrivez en anglais, et les gens autour de moi ne le feront pas. Comprenez votre lettre. Toute recherche plus approfondie sur cette question, je dois reporter jusqu'à ce que le début de ma majorité me laisse mon propre maître, alors je dois visiter une fois de plus l'Angleterre, telle est la volonté de mon père, pour prendre possession de mes domaines dans ce pays ; et pour recevoir vos comptes. Ensuite, mon Seigneur, nous examinerons enfin toutes les preuves qui auront alors été obtenues de votre innocence ou de votre culpabilité ; et je pleurerai alors soit les fautes de Rosolia , soit je vengerai sa mort, soit par mon épée, soit par la main de la loi, comme je le jugerai le plus approprié. Je serai alors un homme et plus capable, à la fois grâce à un jugement amélioré et à une force physique améliorée, d'affirmer mes propres convictions. Je souhaite sincèrement que, bien avant que cette période n'arrive, votre caractère soit innocenté : pourtant, ah ! comment puis-je le souhaiter, si par cet acquittement ma pauvre Rosolia doit être prouvée si coupable !

« Peu de jours après cette conversation, Edmund, sous la garde d'une personne à qui je pouvais me confier, partit pour Madrid ; et peu après, je congédiai tous mes domestiques, à l'exception de Mme Bayfield et de mon valet de chambre, que j'envoyai en Angleterre. J'ai également quitté ce lieu fatal. J'ai loué un mulet et j'ai traversé seul la Sierra jusqu'à La Mancha ; et à Civedad, j'ai engagé un domestique, ne choisissant pas d'en emmener un qui n'avait rien connu des dernières transactions douloureuses sur les mulets. nous continuâmes en faisant toutes nos recherches pour De Sylva. Même mon domestique ne connaissait pas mon vrai nom et mon rang ; car je pensais qu'en les cachant, j'aurais peut-être une meilleure chance de trouver le méchant que je cherchais : mais ma recherche fut néanmoins vaine. où je me reposai peu de temps, j'écrivis à quelques-uns des officiers du régiment de De Sylva à Séville, pour savoir s'il y était revenu, bien qu'il paraisse très improbable qu'il l'ait fait : mais j'avais envie d'essayer toutes les chances par lesquelles il pourrait être découvert . En réponse, j'appris que De Sylva avait obtenu un congé environ deux mois auparavant ; mais bien que le temps fût écoulé, il n'était pas encore revenu : de sorte que l'accusation de désertion s'ajoutait maintenant à ces autres, ce qui, je doute, ne l'incitât pas à se cacher. J'ai parcouru l'Espagne, évitant Madrid, où je savais que mon ami et correspondant, le marquis de Northington , qui y résidait en qualité diplomatique, ferait toutes les recherches pour de Sylva ; et, passant les Pyrénées, j'entrai à la frontière de France, quoique avec de grands risques et périls, si j'avais été connu pour être Anglais ; mais je passais partout pour un Espagnol, parlant cette langue comme un indigène, ayant eu dès mon enfance l'habitude de la parler avec Rosolia et Edmund ; et je croyais que dans ces montagnes sauvages je pourrais rencontrer de Sylva, qui était susceptible de s'associer aux caractères désespérés dont ils abondaient alors. Mais ma recherche fut vaine, et enfin je retournai en Angleterre ; et pensant qu'à Londres, peut-être, je pourrais trouver ce misérable lié aux joueurs, je le cherchai dans toutes les maisons où de telles personnes sont susceptibles de se trouver ; mais malgré tout, la recherche restait infructueuse.

" Je suis alors venu ici pendant un moment pour reposer mon esprit fatigué. Ici, vaincu par les harcèlements constants que j'avais subis si longtemps, je suis tombé dans une grave crise de maladie, par laquelle mon bon Bayfield m'a soigné avec les soins les plus tendres ; et comme elle seule connaissait tous les chagrins qui m'oppressaient, je pouvais sans retenue exprimer mes chagrins en sa présence.

"Immédiatement après ma guérison, j'ai reçu une lettre de mon ami Lord Northington , qui, à ma demande, par lui-même et ses agents, avait fait toutes les enquêtes possibles sur De Sylva. Il m'a informé qu'une personne de caractère suspect avait été récemment arrêtée, et était accusé de divers crimes; et entre autres, de désertion; que d'après ma description de lui, il croyait que cet homme était De Sylva . J'écrivis immédiatement à Edmund, que j'espérais que l'objet de ma longue recherche était trouvé; Je devrais me rendre immédiatement en Espagne et le voir dès que quelque chose serait établi : mais hélas ! après tous mes ennuis et toutes mes fatigues, cet homme s'est avéré totalement différent de De Sylva et n'avait aucun lien avec lui.

"Mortifié et déçu, je me rendis pourtant à Séville, où se trouvait alors Edmond. Le duc de Castel Nuovo était mort depuis quelques mois, et son petit-fils, sous la garde de M. O'Brien, et de quelques autres ecclésiastiques, nommés par le La volonté de Duke d'être les gardiens de sa personne et de ses domaines espagnols pendant sa minorité. Ce ne fut pas sans difficulté que j'obtins une conférence privée avec lui ; car ces catholiques étaient jaloux de mon influence supposée sur son esprit.

"Je l'ai trouvé très modifié dans sa personne, et évidemment en proie à des pensées sombres et anxieuses, que la vie qu'il menait parmi des personnes aux habitudes sévères et superstitieuses n'avait pas tendance à dissiper. Ses préjugés, je les trouvais toujours invincibles, et il était déterminé à le faire. venir en Angleterre, si je ne parvenais pas à prouver clairement mon innocence, soit pour venger la mort de sa sœur par l'épée, soit pour m'accuser comme son meurtrier - alternative terrible et dont je ne savais pas comment me libérer : car pour trouver De Sylva semblait impossible, et si on le trouvait, je ne savais pas comment le faire avouer ; et même s'il avait été dans ma villa, près de la Sierra Morena , je n'avais d'autre témoin que Mme Bayfield, dont le témoignage en ma faveur pourrait , et serait très probablement considéré comme partiel.

« Ainsi, et avec cette perspective choquante constamment devant moi, le temps s'est écoulé depuis le jour fatal de la mort de Rosolia . Soucieux de votre paix et de votre sécurité, j'ai écrit à Edmund, qui aurait dû être ici il y a trois mois, et je l'ai supplié de Il a tardé à venir ici , en exposant mes raisons, auxquelles il s'est conformé, et est arrivé en Angleterre il y a seulement une semaine, il a été obligé de venir ici, car Mordaunt avait en sa possession tous les papiers appartenant à ses propriétés. été trop malade ces derniers temps pour quitter la maison, et sa signature était absolument nécessaire .

"Après qu'O'Brien et Mordaunt soient entrés dans la bibliothèque la nuit dernière, j'ai de nouveau essayé de convaincre Edmund de mon innocence ; et bien que je pense que maintenant son jugement est mûr et que ses passions ont eu le temps de se calmer, il est plus enclin à me croire. , et pour en rester là, je n'ai en aucun cas réussi à lui faire m'acquitter explicitement ; et cette maison ravivant avec tant de force le souvenir de sa sœur, et tous les événements passés, était sans doute la cause de son errance nocturne. .

" Quel sera l'événement de tout cela, je l'ignore ; mais si je le trouve encore inexorable dans une conférence que je compte tenir aujourd'hui avec lui, je pense que les apparences sont tellement contre moi, que je dois au moins pour un temps me retirer avec lui. vous et notre garçon dans une retraite sûre.

"Je t'ai fatiguée, mon Ellen, et je suis moi-même fatigué de parler si longtemps sur un sujet aussi troublant : mais dis-moi, mon amour, oh ! dis-moi, que tu me crois au moins innocent de cet acte terrible !"

"Innocent!" s'écria Ellen (dont les nombreuses exclamations tendres et les interruptions agitées avaient souvent prouvé l'intérêt avec lequel elle avait écouté ce triste récit). " Oh, mon Dieu ! l' évidence de mes propres sens ne me ferait pas penser le contraire. Mais dans ce cas tout me paraît si clair, si facile à retracer, que je m'étonne que le jeune généreux que vous avez décrit puisse hésiter en sa croyance un instant. — Ah ! mon cher saint Aubyn , laissez -*moi* lui parler ; laissez-moi lui parler de vos vertus, de votre nature douce, de votre caractère tendre et affectueux. Il m'entendra sûrement : il devra sûrement céder. à la conviction que ceux-ci doivent donner, que vous n'étiez pas, ne pouviez pas être coupable d'un acte aussi horrible ! »

"Oui, ma très chère, ma bien-aimée Ellen", répondit Saint- Aubyn , "il en sera ainsi. Vos paroles et vos regards doux et persuasifs l'impressionneront, j'en suis sûr, avec la conviction que l'homme que vous aimez ne peut pas être un méchant.

"Pourtant, Ellen, ne compromettez pas mesquinement mon honneur ou votre propre dignité; discutez et même, si vous le pouvez, persuadez-le de me croire innocent; mais si vous échouez en cela, ne le poursuivez pas en justice. Je ne pourrais pas accepter de la vie et l'honneur simplement grâce à sa *patience* ; mais pour votre bien et celui de notre enfant, je mettrai dans une certaine mesure mon esprit fier de côté et céderai à des conditions que je dédaignerais autrement.

Ici, ils se séparèrent, et Ellen se retira dans sa loge, pour rafraîchir son esprit fatigué, pour embrasser et pleurer sur son enfant, et pour offrir une fervente prière pour chaque grâce de parole, qui pourrait soumettre et convaincre Edmund, prévenu mais généreux. .

CHAPITRE . IV.

Nous ne savons pas
comment il peut s'adoucir à la vue de l'enfant.
Le silence, souvent de pure innocence,
persuade quand la parole échoue.

CONTE D'HIVER.

C'est avec un air combien différent des salutations joyeuses habituelles du matin au château de Saint- Aubyn que la fête s'est rassemblée dans la salle du petit-déjeuner.

Le comte et la comtesse, fatigués par l'alarme de la nuit et par la conversation agitée tardive, pouvaient à peine trouver le courage de sourire à leurs invités et de leur donner cet accueil hospitalier dont chacun se sentait généralement assuré d'eux. Lady Juliana, au visage raide et sévère, daignait à peine s'incliner devant les salutations de M. O'Brien ; et le pâle et mélancolique Edmund, qui, retenant ses sentiments, s'avança vers Lady St. Aubyn et tenta de s'excuser de ce qui s'était passé la veille, car de ses errances nocturnes et de l'inquiétude qui en résultait, il n'avait pas la moindre idée : de Saint Aubyn, il paraissait rétrécir avec moins d'aversion que d'habitude, mais lorsqu'il était assis à la table du petit déjeuner, ses yeux et toute son attention semblaient fixés sur Ellen, qui, pâle et triste comme son regard, parlait pourtant avec une douceur si douce, comme parut instantanément l'attirer, tandis que le caractère doux et pensif que sa beauté avait pris était précisément formé pour apaiser et tranquilliser les émotions trop véhémentes de ce jeune homme profondément ému. En effet, son pouvoir sur le cœur, dont tous ceux qui la voyaient étaient sensibles, provenait des charmes unis de la voix, de la personne et de l'attitude, qui tous étaient si doucement harmonisés les uns avec les autres qu'ils formaient un tout charmant et cohérent. et cela, si réglé par la pureté des manières la plus parfaite, la délicatesse de sentiment la plus raffinée et la tendresse de cœur la plus affectueuse, qu'elle assurait non seulement l'admiration, mais le respect et l'amour de tous ceux qui la connaissaient ; mais plus encore, elle cherchait surtout à gagner ou à adoucir. Il n'est donc pas étonnant que le cœur jeune et généreux d'Edmund se soit penché vers elle et ait senti avant la fin de l'heure du petit-déjeuner qu'il n'aurait pas pu lui faire de la peine ou lui faire du tort.

M. Mordaunt avait fixé une heure à midi pour achever le règlement de toutes les questions juridiques entre Lord St. Aubyn et Lord De Montfort, le faible état de sa santé ne lui permettant pas de venir plus tôt au Château. Aussitôt le petit-déjeuner terminé, Saint- Aubyn invita ses invités à faire le tour du parc à pied ou à cheval. O'Brien consentit volontiers, et Laura dit qu'elle aimerait monter à cheval avec eux ; mais Edmond refusa froidement, disant que s'il sortait, il devrait simplement se promener seul sur une courte distance, car il se sentait languissant et malade. "A vous donc, mon Ellen," dit saint Aubyn , "je recommande notre noble hôte. Je n'ai pas besoin, j'en suis sûr, de vous demander de lui prêter toute l'attention; si possible, engagez-le à rester et à dîner avec nous: il parle de partir dès que ses affaires sont terminées.

"J'espère, mon Seigneur", dit Ellen à De Montfort, "que vous ne le ferez pas. Les soirées se rapprochent maintenant brusquement et il sera tard avant que vous arriviez à la fin de la première étape."

Il s'inclina en silence.

Les messieurs et miss Cecil allèrent préparer leur promenade ; et Ellen, sonnant la cloche, pria Jane d'y apporter son filet, car elle craignait que si elle se rendait comme d'habitude à la crèche, Edmond ne lui échappe et qu'aucune autre occasion ne lui soit offerte pour la conférence à laquelle son cœur était fixé.

Lady Juliana, comme d'habitude, se rendait dans sa propre chambre, où elle choisissait toujours de passer deux ou trois heures de sa matinée seule.

Edmund, au moment où Ellen était assise à son travail, s'était jeté dans une attitude méditative sur un canapé et était apparemment perdu dans une rêverie ; pourtant ses yeux étaient souvent fixés sur elle, et son visage semblait s'adoucir à mesure qu'il la regardait. Elle vit bientôt le petit groupe entrer dans le parc, puis se sentant à l'abri d'une interruption, elle réfléchit à la meilleure façon de commencer la conversation qu'elle projetait : son cœur battait, et ses doigts emmêlaient si complètement son travail qu'il était impossible de continuer. il. En effet, sa situation était pénible ; car converser sur des sujets si profondément intéressants avec un jeune homme si récemment totalement inconnu était en effet une tâche difficile pour la douce et timide Ellen. Cependant, reprenant ses esprits, car elle sentait que le temps s'enfuyait rapidement, elle dit d'une voix tremblante :

« Monseigneur, je crains que vous ne pensiez que je prends une trop grande liberté avec un étranger si récemment, si j'ose aborder un sujet des plus délicats, en effet ; mais qui m'intéresse si profondément que je ne puis consentir à laissez passer cette occasion, car c'est peut-être la dernière que j'aurai jamais de parler à Votre Seigneurie sans témoins.

Dès qu'elle commença à parler, de Montfort sortit de sa rêverie et fixa sur elle une attention sérieuse, qui avait pourtant tant de douceur qu'elle l'enhardit à procéder d'une voix un peu plus ferme et plus assurée.

« Vous pouvez croire, mon seigneur, » dit-elle, « que lord Saint- Aubyn ne m'a pas caché la véritable cause de la scène douloureuse dont j'ai été témoin la nuit dernière, et un décret d'agitation en vous, sans explication, mais par un récit que, par tendresse, il n'a jamais osé me faire jusqu'à ce matin.

"A-t-il alors ," dit Edmond (de ce ton bas, solennel et impressionnant qui intéressait si profondément ses auditeurs), "a-t-il alors osé vous révéler cet horrible événement, cet acte de sang, dont il n'a jamais jamais reconnu la culpabilité ? avez-vous pu le jeter ?"

" Il m'a, monseigneur, m'avoir expliqué le sens de bien des allusions douloureuses ; de bien des inquiétudes que j'ai perçues en lui dès la première fois que nous l'avons connu : mais ah ! généreux , bien que trompé, seigneur de Montfort, pouvez-vous vraiment le croire. coupable ? Pouvez-vous douter de l'innocence d'un homme dont la vie vertueuse, dont la nature tendre et affectueuse le désigne sûrement comme de tous les hommes le moins susceptible d'avoir commis un acte aussi horrible ? Il ne peut sûrement pas vous l'avoir expliqué pleinement et clairement ! les circonstances qui ont précédé ce triste événement. Puissé-je, sans trop blesser vos sentiments, oser récapituler ce qu'il m'a raconté. Sûrement une histoire si claire, si cohérente, doit tout de suite l'exonérer d'avoir participé à ce crime. cet acte horrible."

Il acquiesça, et Ellen, aussi succinctement, mais aussi clairement que possible, ramena dans un même point de vue toutes les circonstances qui étaient favorables à saint Aubyn , voilant cependant avec la délicatesse et la considération les plus touchantes celles qui portaient le plus sur la renommée de saint Aubyn. Rosolie ; affectant de croire que le misérable De Sylva (qu'elle affirmait que Saint- Aubyn et Mme Bayfield avaient certainement vu à sa fenêtre la nuit précédente) était venu à son insu, et que le même homme, la rencontrant dans l'ermitage solitaire, avait commis cet acte choquant pour le bien des objets de valeur qu'elle portait.

Il semblait qu'Edmund avait surtout résisté aux preuves de St. Aubyn's. faveur , de peur qu'en cédant à eux, il n'ait dû déclarer sa sœur coupable : soit que cela lui soit maintenant moins pressé, soit qu'Ellen elle-même, pleinement convaincue de l'innocence de saint Aubyn , et peut-être moins passionnée qu'il ne l'avait été en déclarant la même chose histoire, avait placé les circonstances plus clairement devant lui, il accordait évidemment plus de crédit à l'histoire qu'il ne l'avait jamais fait auparavant. Sa douceur de voix et de manières, et la tendresse gracieuse avec laquelle elle parlait des vertus de saint Aubyn ; ou sa conduite honorable et désintéressée envers elle, avant et depuis leur mariage, et de l'amour parfait qui les liait l'un à l'autre et enveloppait sa vie dans la sienne ; des larmes de tendresse et des rougeurs d'indignation marquaient les diverses sensations qui remplissaient son sein à la seule idée qu'il était soupçonné d'un tel crime, et animaient sa beauté de grâces nouvelles, semblaient l'imprimer profondément de sentiments d'admiration et d'estime. Lorsqu'elle s'arrêta, il soupira et dit : —

« Est-il dans la nature de résister à un tel plaideur, ou de croire que l'homme si aimé par quelqu'un de si pur et sans tache, peut être lui-même capable des crimes les plus noirs ? Non, Lady St. Aubyn , si vos natures étaient si différentes, ce serait impossible. que tu pouvais tant l'aimer, alors te confier à lui.

A cet instant, une douce voix plaintive se fit entendre à la porte qui s'ouvrait, une voix d'enfant. Edmund tressaillit, car il avait oublié que lady Saint- Aubyn était récemment devenue mère, et un souvenir douloureux pressait son cœur de l'enfant si chèrement aimé, si profondément déploré, l'enfant de son idole Rosolia !

La nourrice parut alors avec le bébé dans ses bras, car s'étonnant de l'absence habituellement prolongée de sa dame hors de la crèche, elle vint demander des instructions concernant l'enfant : en supposant que tous ces messieurs fussent sortis ensemble, lorsqu'elle aperçut seigneur de Montfort, elle le ferait. se sont retirés mais Ellen s'avança, prit l'enfant dans ses bras et dit :

"Donnez-le-moi, nourrice; je veux seulement le montrer à seigneur de Montfort et l'amener moi-même à la crèche:" puis dépliant son manteau, elle le serra contre son tendre sein: et quand la nourrice fut partie, avec une légèreté gracieuse s'avançant vers Edmond, (qui se leva de son siège pour aller à sa rencontre) elle dit :

« Voyez ici, mon Seigneur, un plaideur encore plus puissant ; un plaideur pur et sans tache, en effet, dont les perspectives d'ouverture doivent être obscurcies, dont le nom innocent doit être détruit, si vous persistez dans vos intentions, si vous cherchez la destruction de son père. Regardez ceci. bébé, et dis-moi si ta douce nature peut le vouer à des malheurs aussi cruels que ceux que ta dénonciation de son père doit attirer sur sa tête innocente.

Edmond, le noble Edmund, penché et regardant l'enfant, n'avait pas honte de verser des larmes de tendresse et de compassion sur son doux visage. La belle créature ouvrit les yeux, et avec le même air doux et confiant d' innocence qui marquait les traits de sa mère, étendit ses petites mains et sourit.

"Oh ! c'est trop ! vraiment trop !" s'écria de Montfort. "Je ne dois pas être homme pour voir ce doux, ce charmant enfant, et toi, femme angélique, et oser émettre un vœu injurieux contre cet homme dont dépend le bonheur de tous deux ! Désormais je renonce pour toujours à toutes mes vengeances, peut-être mes projets mal fondés : jamais mes paroles ou mes regards ne tenteront de blesser l'heureux et l'enviable Saint- Aubyn . Le ciel ne l'aurait sûrement pas favorisé d'une félicité si rare, s'il avait eu un acte aussi cruel que celui dont je le soupçonnais. j'essaierai de le penser, de le croire. Assurez-vous au moins, la plus belle des femmes, qu'il n'a plus rien à craindre de moi, et que les plus belles bénédictions du Ciel soient comblées sur vous et sur cette douce, celle-ci ; adorable bébé!"

Il plia un genou à terre et, avec un respect révérencieux, baisa la main d'Ellen, levant ses yeux expressifs vers ce ciel qu'il invoquait en sa faveur : puis se levant, il prit l'enfant de ses bras, lui baisa les mains, les joues, ses lèvres, et le rendant à sa mère, quitta l'appartement d'un pas précipité et agité : la laissant empreinte de sentiments de joie, de gratitude et de la plus tendre estime pour cet être noble, quoique quelque peu excentrique.

Pliant son bébé à son tendre cœur maternel, qui semblait éprouver pour lui une affection encore accrue depuis les dernières scènes éprouvantes, elle passa avec lui à la crèche, où Laura la retrouva quelques minutes après, et lui annonça le retour des messieurs de leur monter.

"Où est Saint- Aubyn ?" » dit Ellen avec un visage où les larmes et les sourires se disputaient : « Il faut que je le voie immédiatement.

Mordaunt pour conclure les affaires de Lord de Montfort est proche , " dit Laura, " et je crois qu'il est parti dans son bureau : mais qu'y a-t-il, Ellen, vous avez l'air agitée et pourtant joyeuse ? Je n'ai jamais vu vous êtes plus radieux en beauté ; quelque chose, j'en suis sûr, est arrivé pour éclairer votre visage de cette manière. »

Ellen sourit et dit : « Oh, flatteur ! mais je ne peux pas rester pour vous le dire maintenant ; seulement j'espère avoir eu la chance d'ajuster une différence de longue date entre Lord de Montfort et St. Aubyn , et je suis impatiente de le dire. mon Seigneur, le résultat de ma conversation matinale avec le premier : ici, prenez le bébé, Laura, et gardez-le si vous le voulez jusqu'à ce que je revienne, à moins que Lady Juliana ne vienne, comme d'habitude, et l'enlève. Elle se précipita alors vers Saint- Aubyn , qu'elle trouva seule, et eut juste le temps de lui raconter le résultat de la conférence qu'elle avait tenue avec Edmond, mais non les détails, avant que M. Mordaunt et les autres messieurs ne se réunissent.

Au moment où de Montfort entrait dans le bureau, Lady Saint- Aubyn en sortait, mais il l'arrêta un instant et lui dit à voix basse : « Restez, madame, et soyez témoin de votre pouvoir sur moi. Puis s'avançant, il tendit la main à Saint- Aubyn et lui dit en italien, qu'il savait qu'O'Brien ne comprenait pas : « Que toute notre animosité soit bannie à jamais . Cependant ses préjugés étaient si forts, et peut-être étaient-ils encore, que la main qu'il lui tendit trembla et qu'il pâlit lorsque saint Aubyn la prit.

"Je n'en ai jamais ressenti, Edmund", dit-il. "J'ai fait de grandes concessions pour vous et j'ai ressenti pour vous un amour de frère : mon amitié et mes meilleurs offices vous appartiennent à tout moment."

Il s'excusa ensuite auprès des messieurs présents de parler une langue étrange, et expliqua cette petite scène en disant qu'un désaccord malheureux qui avait eu lieu il y a longtemps entre lui et lord de Montfort était maintenant heureusement réglé.

Ellen resta juste assez longtemps pour féliciter à voix basse saint Aubyn de cette heureuse fin d'une affaire qui lui coûta tant d'inquiétudes, et se tournant vers Edmond, elle dit : « Vous dînez avec nous, monseigneur : » il s'inclina en silence. acquiescement, et elle se retira, la plus heureuse à ce moment des heureux.

Lord de Montfort et M. O'Brien restèrent ce jour-là au château, et le premier, bien que parfois plongé dans la rêverie, était néanmoins calme ; et parfois presque joyeux. Un poids semblait enlevé de son esprit, et bien que ses manières envers Saint- Aubyn fussent encore contraintes et distantes, il y avait des moments où il paraissait avec difficulté pour s'empêcher de paraître amical et cordial.

Ellen comprit que s'ils étaient souvent ensemble, les préjugés profondément enracinés et chéris d'Edmond s'useraient insensiblement ; et c'est pour cette raison qu'il regrettait qu'on ne l'ait pas convaincu de rester plus longtemps que jusqu'au lendemain matin.

Ce soir-là, Laura Cecil, qui avait été très heureuse de voir de Montfort reprendre dans une certaine mesure les manières qui, dans son enfance, le rendaient si agréable, retourna à Rose-Hill, où on attendait bientôt Sir Edward Leicester, à qui, supposait-on, elle se marierait avant Noël.

Lord St. Aubyn consentit volontiers qu'Ellen informât son fidèle Bayfield de sa connaissance de leurs transactions en Espagne et de l'heureuse réconciliation entre son seigneur et lord de Montfort ; et Bayfield, qui auparavant idolâtrait presque Ellen, la considérant maintenant comme la cause d'un événement si désirable, sentit son amour et sa vénération redoubler.

Au cours de la soirée, Lord St. Aubyn a laissé entendre à M. O'Brien que certains membres de sa famille avaient été dérangés par le fait que Lord de Montfort avait quitté sa chambre pendant son sommeil, et M. O'Brien a déclaré qu'après tout grand l'émotion, son élève le faisait parfois, mais que cela arrivait rarement, souvent pas pendant des mois ; en réalité, il n'y eut plus de troubles, et les deux messieurs repartirent le lendemain matin, laissant aux habitants du château des sensations bien différentes de celles qu'ils avaient éprouvées à leur première arrivée.

CHAPITRE . V.

Mes nobles commères, vous avez été trop libéraux ;
Je vous en remercie – cet *enfant aussi* ,
quand *il* parle autant d'anglais.

HENRI VIII.

Lady St. Aubyn avait eu si peu de plaisir à visiter Londres l'hiver précédent, qu'elle demanda instamment de ne quitter le château qu'après Noël, lorsque Laura la supplia d'y passer un mois ou six semaines après son mariage, et souhaita, comme la comtesse n'avait pas encore été présentée, cette cérémonie pourrait avoir lieu lorsqu'elle serait elle-même présentée : Lord et Lady Delamore devaient également être à Londres à cette époque, et Ellen se promettait un grand plaisir de faire sa connaissance. Il fut donc décidé qu'elle rencontrerait Sir Edward et Laura (qui serait alors Lady Leicester) en ville au début de février, et resterait tranquillement à la campagne jusqu'à ce moment-là, où elle aurait le loisir de remplir ses devoirs maternels. elle avait volontairement pris sur elle, et grâce à l'exercice dû, son adorable enfant grandissait et s'améliorait chaque jour.

Avant de quitter le Château, le jeune héritier fut baptisé avec toute la splendeur voulue. Sir William Cecil et Sir Edward Leicester, Lady Juliana et Miss Cecil, étaient les sponsors. Le costume de baptême en fine dentelle de Bruxelles pour l'enfant, sur satin blanc, et une robe similaire pour la belle mère, étaient le cadeau de Lady Juliana ; les autres sponsors étaient également très libéraux dans leurs cadeaux à leur filleul.

L'hilarité qui accompagnait cette cérémonie ne se limitait pas aux murs du château, où, cependant, tous les gens les plus distingués du quartier étaient élégamment reçus, tandis que tous les plus pauvres étaient régalés avec la plus grande hospitalité sous quelques bâtiments temporaires et des chapiteaux érigés à cet effet en le parc, où d'immenses feux dissipaient les froideurs de l'hiver, en même temps qu'ils servaient à habiller les provisions destinées à régaler la foule rassemblée autour d'eux. Chaque famille était également généreusement approvisionnée en pain, en viande, en vêtements et en argent, selon son nombre et ses besoins respectifs ; et comme Lady St. Aubyn et Miss Cecil, accompagnées de Bayfield et Jane, ne dédaignaient pas elles-mêmes de visiter les cottages et de voir ce qui était réellement nécessaire au confort de leurs habitants, tout était ordonné avec intelligence et régularité, et l'imposition était presque totale. totalement empêché.

Mme Neville, la veuve du pauvre officier mentionné plus haut, était depuis quelque temps établie comme directrice des écoles d'industrie et d'autres institutions utiles, que Lady St. Aubyn avait mises sur pied pendant l'été : sa fille aînée était partie à " ce pays d'où aucun voyageur ne revient ; " mais les autres, en bonne santé et heureux, étaient en formation pour les situations qu'ils semblaient destinés à remplir. Mme Neville était également très utile dans la distribution des cadeaux aux pauvres et dans les préparatifs de leur divertissement.

Un grand feu d'artifice terminait les divertissements de la soirée, car saint Aubyn observait que c'était la seule espèce de simple divertissement à laquelle tous les rangs et tous les âges pouvaient participer ; et dans le cas présent, il souhaitait non seulement bénéficier, mais satisfaire tous ses voisins .

Miss Alton et Mme Dawkins faisaient partie de la compagnie reçue au château, et elles étaient si enchantées du jeune héritier, si charmées par la splendeur et l'élégance du repas, que, contrairement à la coutume habituelle, aucune lamentation ni aucun soupir tendre et sympathique ne les troubla. la gaieté de la journée.

Peu après cette grande fête, toute la famille partit pour Londres ; et Lady St. Aubyn , non satisfaite d'un surintendant de sa pépinière autre que Mme Bayfield, la supplia de les accompagner et d'être entièrement retirée du poste plus fatigant qu'elle avait occupé jusqu'ici.

femme , un peu plus à la mode, fut engagée pour s'occuper de la comtesse.

À Londres, ils rencontrèrent les nouveaux mariés et la belle sœur de la mariée, Lady Delamore , dont la beauté extraordinaire excitait l'admiration d'Ellen, tandis que sa ressemblance avec la douce défunte Juliette réclamait involontairement son affection.

Avec des amis si agréables et sous la respectable protection de Lady Juliana, Lady St. Aubyn trouva à Londres un paysage très différent de ce qu'il lui était apparu l'année précédente : elle possédait maintenant aussi un plus grand degré de confiance en elle-même, et ayant n'ayant plus rien à craindre, les allusions sombres de Saint- Aubyn , et la peur qui en résultait, étant à jamais expliquées et supprimées, elle sentit un flux d'esprit plus joyeux et jouit des amusements qui étaient si amplement en son pouvoir ; ces esprits étaient adoucis par la délicatesse la plus réservée ; et ces divertissements, pris avec modération et décorum. Cependant son caractère élevé restait intact et même élevé dans l'opinion publique ; et la splendeur de sa beauté, que tout le monde croyait encore parvenue à sa pleine perfection, n'attirait que des admirateurs *respectueux* .

Les St. Aubyns voyaient fréquemment Lord de Montfort, qui avait acheté une maison en ville et vivait dans un style très élevé, bien que toujours sous la direction de M. O'Brien, mais choisissant évidemment d'être plus son propre maître qu'il ne l'avait fait. été en Espagne, pays dans lequel il ne semblait actuellement pas avoir l'intention de retourner ; le testament de son grand-père l'avait laissé libre de choisir sa propre résidence, bien qu'il fût obligé de se rendre en Espagne au moins une fois tous les deux ans.

Avec Lord St. Aubyn, il était poli, bien que distant : les étrangers n'auraient pu percevoir dans ses manières quoi que ce soit qui indique de l'aversion ou du ressentiment ; mais ceux qui savaient ce qui s'était passé pouvaient parfois découvrir un regard particulier, un certain ton dans ses paroles au comte, qui marquaient au moins un *souvenir d'une ancienne inimitié, et qui étaient* difficilement supportables par Saint Aubyn. .

Il montrait toujours à Ellen une attention si dévouée, et ses yeux expressifs témoignaient tant d'admiration, que certains de ceux qui les voyaient commencèrent à croire qu'ils avaient découvert la cause de cette tristesse qui l'éclipsait encore, et qu'ils avaient, depuis le temps, de sa première arrivée, a excité les remarques de tout le monde et a fait de lui l'objet des plaisanteries insipides et des railleries stupides de ceux qui ne pouvaient concevoir d'autre cause que *l'amour* pour le découragement d'un jeune homme qui pouvait à peine compter les milliers qui gonflaient son loyer. -rouler.

Amour! une passion malheureuse ! un vain mépris condamné à supporter,
pour répondre à la plaisanterie vaine du moqueur occupé ;
Il n'a pas non plus permis à sa misère de se déclarer ;
Ne vous livrez pas non plus au malheur mais supprimez -le à moitié .

Car de l'attachement pur, quoique enthousiaste, qu'il éprouvait pour Ellen, de tels esprits ne pouvaient se faire une idée.

Un soir, à la pièce de théâtre, où Lady St. Aubyn se rendait avec un grand groupe, parmi lesquels se trouvaient Lady Meredith et plusieurs messieurs à sa suite, ils virent dans la loge opposée à la leur Lord de Montfort appuyé contre le bord, dans son état habituel de morne apathie, ses yeux mi-clos, ses cheveux fins en désordre, et toute sa personne exprimait une sorte de désolation qui éveillait des émotions de pitié dans le doux cœur d'Ellen : elle ne pouvait le voir sans compassion, tant il paraissait complètement isolé. étant, et même le matin même de sa vie, si totalement dépourvue de toute relation aimable ou d'un ami affectueux pour apaiser sa mélancolie - cette mélancolie dont elle connaissait si bien la cause originelle, que, tandis qu'elle regardait vers lui, elle ne pouvait s'empêcher de une vue; et le chagrin qu'elle ressentait réellement se reflétait dans son visage expressif.

Lady Meredith, qui l'avait observée attentivement avec un degré de méchanceté dont Ellen ne la croyait pas capable, toucha maintenant doucement Lady St. Aubyn avec son éventail et dit :

" Sur ma parole, ma chère, j'aurais pu, par pitié pour le malheureux malade d' amour , De Montfort aurait presque souhaité pouvoir voir ce doux regard et entendre ce tendre soupir : sans aucun doute cela aurait fait un grand chemin pour rendre c'est un objet plus réjouissant, et dont je suis sûr que nous aurions tous dû nous réjouir, car à l'heure actuelle, il jette vraiment une ombre sur tous nos amusements.

"Je ne vous comprends pas", dit Ellen avec surprise .

"En effet!" » répondit Lady Meredith : « Je ne pensais pas que vous auriez poussé l'affectation jusqu'à présent. Ici, Hamilton, » ajouta-t-elle en riant et en se tournant vers le gentleman à côté d'elle, « Lady St. Aubyn ne peut pas imaginer pourquoi sa pitié et son regard très gentil auraient dû aucun effet sur Lord de Montfort.

"La pitié et un regard doux de la part d'une telle beauté", répondit Sir James Hamilton avec une gravité affectée, "doivent certainement avoir un effet des plus puissants sur le cœur de n'importe quel homme - et assurément encore plus sur celui d'une personne aussi dévouée que celle de De Montfort semble le faire. être."

" Je ne sais pas, monsieur, " dit Ellen avec une grâce modeste, mais avec esprit, " si je dois considérer cela comme un spécimen de cette sorte d'esprit à la mode que vous appelez quiz ou canular. Ne sont-ils pas là les termes *élégants* du Mais je ne veux plus y penser, car je suis convaincu que vous ne pouvez pas sérieusement perdre de vue le respect que vous me devez en tant que femme mariée, au point d'imaginer que Lord de Montfort puisse ressentir, ou je le permets, un plus grand degré. d'attachement que sa longue relation avec Lord St. Aubyn pourrait bien expliquer.

Puis se tournant vers Saint- Aubyn , elle dit d'un ton gai :

" Aidez-moi, milord, à convaincre Lady Meredith que Lord de Montfort n'est pas vraiment tombé violemment amoureux de moi : jusqu'à quel point il peut entretenir un tel sentiment pour elle, je ne prétendrai pas le dire. "

Saint Aubyn rit et dit :

"Pour lui-même, Ellen, j'espère qu'il n'a pas été assez imprévoyant pour disposer de son cœur en votre faveur ; bien que je serais heureux d'apprendre qu'il a choisi n'importe quelle belle personne libre pour récompenser sa passion."

Cet appel opportun à son mari et la manière non embarrassée avec laquelle tous deux avaient parlé, firent taire efficacement ceux qui espéraient avoir tiré beaucoup d'amusement de la confusion de la timide et délicate Ellen.

Peu de temps après, en croisant ses yeux, ceux de de Montfort parurent illuminés de plaisir, et quittant sa loge, il arriva à celle où elle était assise. St. Aubyn, voyant un petit sourire encore jouer sur les visages de Lady Meredith et de certains de ses amis homosexuels, déterminé à montrer sa parfaite confiance à sa femme, se tourna vers lui et lui dit :

" De Montfort, comment vas-tu ? Je suis bien content que tu nous aies découverts, car rien n'est plus stupide que d'être au théâtre sans soirée. Nous avons beaucoup de place : va t'asseoir entre Lady Meredith et Lady St. Aubyn ; je je suis sûr que je vous ferai plaisir en vous y plaçant, ils sont tous deux tellement favoris : nous venons de nous disputer lequel d'entre eux vous préfériez.

"Vous m'avez fait un grand honneur ", répondit Edmond, "en parlant de moi."

"Saint Aubyn ne fait que plaisanter", dit Ellen : "nous n'étions pas, je vous l'assure, en train de débattre sur le sujet."

"Non, en effet", répondit Lady Meredith en riant, "cette question peut être facilement réglée : nous étions tous d'accord à l'unanimité, je vous l'assure, mon Seigneur."

Edmund, n'aimant pas vraiment la tournure de son visage, allait répondre avec une certaine chaleur, et aurait probablement pu, avec cette galanterie chevaleresque qui marquait son caractère, avouer ouvertement, ce qu'il pensait sans doute, qu'Ellen était la première et la plus admirable des les femmes, si elle ne l'avait arrêté en disant :

"Oh, je vous en prie, Lord De Montfort, laissez Lady Meredith profiter de la diversion qu'elle recherche : elle a été d' humeur taquine toute la soirée."

« Je vous en prie, lady Meredith, » dit lady Juliana d'un air grave, « n'ayons plus ce bruit : lady St. Aubyn n'est pas assez à la mode pour souhaiter être la *préférée* d'un homme autre que son mari.

"Oh, pour l'amour du ciel !" » s'écria Lady Meredith, « n'en faisons pas une affaire sérieuse. Soyez assurée, ma chère Lady St. Aubyn , je n'avais pas l'intention de vous faire un grave sermon ; bien qu'en réalité, » ajouta-t-elle à voix basse, « J'espérais vraiment que vous seriez un peu comme les autres et que vous ne seriez plus impressionné par ce spécimen empesé de vieille maidénisme . Vous ne pouvez pas penser, ma chère, à quel point un peu de flirt améliorerait votre beauté : alors. cela donne un air d'aisance et de mode, ce qui, *entre nous* , est la seule chose que vous voulez vous rendre tout à fait enchanteur.

Ellen se contenta de sourire à ce râle, mais d'un air si peu encourageant, elle y mit bientôt fin ; pourtant, pour quelqu'un de moins fixé dans ses principes, Lady Meredith aurait été une compagne dangereuse ; et il est certain que plus de femmes se ruinent en écoutant des préceptes de cette nature, moitié sérieusement, moitié en plaisanterie, accompagnés d'une sorte de *persiflage* auquel peu de gens peuvent résister, que même par les ruses des hommes : contre eux une femme vertueuse. est sur ses gardes ; mais elle écoute sans crainte une femme plus âgée qu'elle, et qu'elle croit plus instruite dans les usages du monde, jusqu'à ce qu'insensiblement elle adopte les mêmes sentiments et acquière ce ton odieux et mondain qui affecte de rire de tout ce qui est sérieux et louable.

Ellen, cependant, ne se laissa pas tromper si facilement : sa pénétration naturelle détecta l'erreur ; et tous les traits du ridicule de Lady Meredith tombèrent, par elle, sans qu'on y prête attention.

Sur le chemin du retour, Lady Juliana s'insurgea amèrement contre les manières de flirt et les railleries mal avisées de Lady Meredith, qui, disait-elle, au lieu de s'améliorer en vieillissant, était chaque année de pire en pire, et suffisait à gâcher la conduite. de toute une nation de femmes.

" Je vous en prie, ma chère, " dit-elle, " ne vous laissez pas guider par ses absurdités : j'espère qu'elle ne vous persuadera pas de suivre son exemple. En effet, neveu, je me suis étonné de vous avoir placé ce jeune étrange et sauvage. De Montfort ensuite ma nièce : il ne me plaît pas du tout."

Bref, la vieille dame était si complètement de mauvaise humeur , qu'on fut bien content de la déposer chez elle.

Deux ou trois jours après cela, Lord de Montfort prit congé des Saint- Aubyn , avant de quitter Londres, en route avec un groupe de jeunes hommes pour voir Oxford et Cambridge, et ensuite pour se rendre aux Lacs, sans avoir l'intention d'être de nouveau à Londres jusqu'en septembre. Il portait avec lui l'opinion la plus élevée de Lady Saint- Aubyn , mais il la considérait plutôt comme un ange que comme une femme, et lui était dévoué avec une pureté d'attachement inconcevable pour les mondains.

CHAPITRE . VI.

Elle voit encore une fois s'étendre ces belles plaines ,
Où le premier flow'ret a attiré sa main d'enfant.
Nulle part elle ne pense que le soleil brille si doucement ,
Comme sur les rives où pour la première fois elle a bu ses rayons :
Aucun autre hydromel si vert, aucun autre pays ne sourit aussi !
Toi, petit endroit où j'ai d'abord aspiré la lumière ,
Tu es témoin de mon premier sourire et de mes premières larmes —
Repaire adoré !

SOTHEBY'S OBÉRON.

Rien de plus ne se produisit pendant le séjour de Lord et Lady St. Aubyn à Londres, car le départ de de Montfort et l'attachement parfait qui subsistait entre les nobles couples firent taire ces langues et arrêtèrent ces remarques que l'admiration trop évidente d'Edmond avait fait taire. prêt à ennuyer Lady St. Aubyn .

Ils quittèrent Londres au début d'avril et passèrent le mois de mai à St. Aubyn's , étant assez démodés et *de mauvais goût* pour ne pas trouver de plaisir à griller pendant les mois chauds de la métropole et à quitter le pays.

« Pelouses ouvertes, obscurités profondes et sommets aérés »

de leur propre domaine inoccupé pendant la saison la plus attractive de l'année.

Du château de Saint-Aubyn devait commencer le long voyage au Pays de Galles. Ellen avait envie une fois de plus de revoir les repaires de son enfance et de revoir son père et ses premiers amis ; et saint Aubyn consentit volontiers à la satisfaire.

L'enfant devait voyager avec eux, accompagné du fidèle Bayfield et de ses infirmières : ils attendirent jusqu'à la fin du mois de mai, sachant que les mauvaises routes du nord du Pays de Galles seraient difficilement praticables plus tôt.

Ils allèrent de Saint- Aubyn à Shrewsbury, et de là à Carnarvon, s'arrêtant en chemin, comme lors de leur premier voyage, pour voir tout ce qui était digne d'observation ; et comme cette route était entièrement différente de celle qu'ils avaient empruntée auparavant, beaucoup de nouveaux objets se présentèrent à leur attention. Entre autres scènes pittoresques, ils passèrent par les rives boisées de la Dee, d'où ils obtinrent une vue saisissante sur la belle et romantique ville de Llangollen , avec son église et son élégant pont entouré d'arbres.

à Llangollen , et bien qu'il n'y ait rien de particulièrement intéressant en soi, ses environs offrent pourtant des paysages sublimes et agréables : parmi ceux-ci, la vallée de Crucis est l'une des plus belles situations isolées que l'imagination puisse représenter ; il est orné des beaux restes de l'abbaye de Valle Crucis et de son fond formé par une haute montagne, au sommet de laquelle se dresse la vénérable ruine du château Dinas Bran.

Après avoir vu tout ce qui méritait d'être observé dans cet endroit charmant, ils traversèrent un beau pays romantique jusqu'à Carnarvon, et de là jusqu'à Llanwyllan .

La dernière partie des routes était intolérablement mauvaise, et les domestiques anglais, qui n'avaient jamais rien vu de pareil, s'attendaient momentanément à avoir le cou brisé ; en effet, les nourrices de Lord Mordaunt marchèrent plusieurs kilomètres, craignant que le bébé ne soit blessé ; et en vérité, même Ellen, bien qu'intrépide pour elle-même, se sentait un peu inquiète pour l'enfant.

Tous ces périls et dangers, cependant, étaient enfin heureusement passés, et le cœur d'Ellen battait d' extase lorsqu'elle vit les cheminées blanches de la ferme de Llanwyllan qui pointaient au-dessus des vieux chênes qui l'entouraient. Les voitures s'arrêtèrent devant la maison, et en un instant Ellen fut repliée dans les bras de son père : son beau visage se pressa tendrement contre la joue rude du bon vieillard, tandis que les gouttes mêlées d'amour filial et d'affection parentale tombaient en pluie de leurs yeux : à plusieurs reprises, Powis serrait sa charmante fille contre son cœur et se sentait ravi de constater que, bien que « si grande dame, sa chère Ellen ne l'avait pas oublié », il eut enfin le loisir de voir et de parler à son noble gendre. -loi, et l'air maladroit de respect qu'il s'efforçait de prendre fut bientôt changé en un air d'affection plus cordiale par l'aimable salutation que Lord St. Aubyn lui fit. Pendant ce temps, Ellen entra dans le hall où attendaient les infirmières et les domestiques, et prenant l'enfant des mains de Mme Bayfield, revint avec lui dans le salon et, avec des regards ravis, le plaça dans les bras de son père.

Oh, moment de bonheur exquis ! moment qui aurait pu récompenser les chagrins de nombreuses années ! Peut-il y avoir dans ce monde un instant de pur délice comme celui qu'éprouve la fille lorsqu'elle place son premier-né dans le sein d'un vénérable parent.

Certains sentiments sont donnés aux mortels
avec moins de terre que de ciel ;
Et s'il y avait une larme humaine
Des scories de la passion, raffinée et claire,

Une larme si limpide et si douce
Elle ne tacherait pas la joue d'un ange ;
C'est ce que les pères pieux répandent
sur la tête d'une fille dévouée.

LA DAME DU LAC DE SCOTT.

Les talents domestiques de Mme Ross avaient été déployés au maximum pour préparer la ferme de Llanwyllan de la meilleure manière possible pour ses nobles invités : elle ne comprenait en effet pas très bien tous les divers arrangements qui sont absolument nécessaires au confort tolérable d'une telle famille ; mais avec l'aide de Dame Grey, qui s'inquiétait de se rappeler comment les choses se passaient lorsqu'elle vivait chez « Squire Davis », et avec l'aide immédiate de l'active Joanna, tout était bien au-delà des attentes d'Ellen ; et comme elle n'encourageait pas les beaux airs de dame chez ses puéricultrices, ni même chez sa propre femme, aucun de ces murmures vexatoires ne la troublait, que les servantes ont souvent l'heureux art de fabriquer là où il n'y a pas de véritable sujet de plainte ; et certainement le mobilier de la chambre d'enfant n'était pas aussi riche que celui que Lady Juliana avait choisi pour celui du château : les infirmières trouvèrent que le jeune seigneur dormait tout aussi bien, et ses joues s'épanouissaient tout aussi fraîchement sous les tentures de coton blanc et propre de cette chambre. petit canapé comme sous le berceau de satin matelassé de St. Aubyn .

Toute la fête fut rapidement organisée , car il y avait beaucoup de place et d'abondance de provisions.

Le comte et la comtesse n'avaient amené que ce qui était absolument nécessaire ; et Bayfield, aussi respecté qu'elle fût par ses nobles employeurs, n'hésitait pas à diriger la gestion de leur table, ou de tout autre bureau domestique qui pourrait la rendre utile, et bien que Powis , au début, la considérait comme une dame bien plus grande qu'il ne l'avait fait. avait l'habitude de s'associer avec elle, était très disposé à la traiter comme son égale ; elle le convainquit bientôt, par sa conduite respectueuse envers le père de sa dame, qu'elle se considérait comme grandement inférieure à lui.

Dès qu'Ellen eut fait le tour de la maison et vu les dispositions prises pour le logement de son enfant, elle commença à avoir hâte de revoir ses bons amis les Ross ; et voyant de son père qu'ils parlaient de ne venir que le lendemain, elle le pria de lui donner le bras, et elle marcherait jusqu'au presbytère : toute fatigue, dit-elle, avait disparu depuis le moment où elle se trouvait sous le toit de son père. .

" Viens, mon cher père, dit-elle, partons tous : le bébé viendra aussi : les chères bonnes gens seront ravies de nous voir ; elles nous donneront du thé, et nous pourrons revenir ici manger nos fruits. souper : tu sais, nous ne mangions jamais autre chose le soir, et j'espère que la crème est aussi bonne qu'elle l'était lorsque je dirigeais la laiterie.

Powis regarda avec ravissement la douce créature sans affectation, qui, comme il l'exprima ensuite à Mme Ross, n'était pas du tout gênée par sa grande fortune, mais exactement comme elle l'était quand elle n'était qu'Ellen Powis .

L'enfant maintenant "se réveille de sa sieste rose", et habillé avec le plus grand soin, son joli visage ombragé par une riche bordure de dentelle sur son bonnet, et sa fine robe de batiste coupée pour montrer sa belle poitrine et ses bras fossettes, avec sa belle mère dans une robe blanche unie et un chapeau de paille, accompagné de St. Aubyn et Powis , partit pour le presbytère.

En chemin, Ellen parlait avec la plus douce condescendance à tous ceux qu'elle rencontrait, et de nombreux villageois qui savaient qu'elle était arrivée s'arrangeaient pour se jeter sur son chemin.

Mme Howel , qui rendait autrefois ses nombreux petits services au bourg, croisa maintenant son chemin et, par une profonde courtoisie , serait décédée, si Ellen, disant : « Excusez-moi un instant, mon cher St. Aubyn. ", s'est retourné et a couru après elle.

"Comment allez-vous, Mme Howel ?" dit-elle en lui tendant la main que la bonne femme osa à peine toucher, encore une fois par courtoisie .

Ellen s'est aimablement renseignée sur toute sa famille par son nom ; et voyant les yeux de sa vieille voisine s'égarer involontairement vers l'enfant, comme si elle désirait anxieusement, mais avait honte de le demander de plus près, elle fit signe à la nourrice de l'amener à elle, et dit :

« Regardez mon petit garçon, Mme Howel : n'est-il pas un brave garçon ?

" Ah, Madame, " dit la bonne femme, " c'est le plus joli bébé que j'aie jamais vu, sauf Votre Seigneurie, au même âge. — Que Dieu le bénisse et que Dieu vous bénisse, Madame ; car vous méritez toutes sortes de bonheur. "

"Merci, merci, mon bon voisin . Venez à la Ferme nous voir quand cela vous conviendra : en ce moment, Monseigneur m'attend, alors au revoir." Et elle courut doucement, laissant la fermière charmée et enchantée par sa douceur et ses attentions bienveillantes.

Ils atteignirent bientôt le presbytère et furent reçus avec une joie non affectée.

Grande en effet, au début, fut l'agitation de la pauvre Mme Ross, qui, n'espérant pas un tel honneur , n'était pas habillée , ni son salon , quoique toujours soigné, dans le haut état de préparation qu'il aurait été si elle les avait attendus. ; mais elle fut bientôt convaincue que la série d'excuses qu'elle méditait était totalement inutile, en trouvant la chaleureuse Ellen d'abord dans ses propres bras, et en les laissant voler vers ceux de Joanna, puis avec une douce révérence filiale se penchant vers le bon parent. étreinte du vénérable Ross. Pendant ce temps, Saint Aubyn et le bon Powis la regardaient avec une émotion ravie, et tous deux pensaient qu'il n'y avait jamais eu de créature aussi enchanteresse. Le bébé fut admiré, caressé et finalement déclaré un prodige de beauté et d'appréhension précoce, et ses doux sourires de bonne humeur étaient ininterrompus même par un froncement de sourcils, bien que transmis de l'un à l'autre avec des ravissements qui auraient rendu un enfant de moins bonne humeur. disposition aimable, colérique et agitée.

"Eh bien, mon excellent ami," dit Saint- Aubyn à part à Ross, "vous revoyez votre charmante élève, dont vous vous êtes séparé avec tant de regret, qui n'a pas, je l'espère, blessé ni personnellement ni mentalement par ses relations avec le grand monde. Oh, mon bon Monsieur, combien je vous suis infiniment redevable d'avoir implanté dans son sein de jeunesse des principes qui ont résisté à l'épreuve de nombreuses scènes éprouvantes. Vous et moi devons avoir beaucoup de conversation, et je sais que vous le ferez. soyez charmé d'entendre à quel point elle se conduit admirablement en toutes occasions.

"Je *suis* charmé", dit Ross, tandis qu'une larme affectueuse lui coulait aux yeux, "charmé par tout ce que je vois et j'entends des deux : en effet, mon Seigneur, cette charmante créature sans affectation orne le rang auquel vous l'avez élevée : le choix vous avez fait autant d' honneur à votre pénétration que j'espère qu'elle assurera le bonheur de votre vie future ; et aucune jeune personne n'aurait pu mieux résister à l'épreuve éprouvante de l'élévation soudaine, de cette admiration qui l'a sans doute entourée. revient à nous sans un seul air d'orgueil, un seul regard d'insatisfaction face à l'infériorité des accommodements ou des manières qu'elle doit voir.

"Aussi polie que toute sa vie devant les tribunaux l'ait été ,
mais aussi bonne qu'elle n'a jamais été vue par les tribunaux."

" Vous l'avez, en effet, " dit Saint Aubyn , " vous l'avez très heureusement caractérisée ; mais vous ne pouvez pas avoir une opinion d'elle aussi haute que j'ai des raisons de le faire. "

À ce moment-là, le thé était fini ; et Ellen, emballant son garçon, le renvoya chez elle ; mais au lieu de revenir avec lui, elle resta toute la soirée au Presbytère, se réjouissant et ravissant tout autour d'elle.

" Eh bien, " dit Mme Ross, après le départ de ses visiteurs, " eh bien, je n'ai jamais rien vu d' aussi étrange de ma vie ! Eh bien, j'ai cru avoir vu une belle dame, toute vêtue de soie et de bijoux, et l'air raide. et formelle ; et je pensais avoir dit, ma Lady Comtesse et Votre Seigneurie – et voici, la voici dans une robe blanche simple, mais à peine meilleure que celle que je lui ai grondé pour avoir portée une fois – vous vous en souvenez, Joanna ? — Et elle vole vers moi, m'embrasse et m'appelle chère maman, comme elle le faisait autrefois ; et si j'étais morte pour cela, je ne pourrais l'appeler autrement qu'Ellen et son enfant, presque toute la soirée ; sauf qu'une ou deux fois je me suis rappelé et j'ai dit ma Dame, alors que nous étions ensemble à la fenêtre, et elle a mis ses chers bras autour de mon cou et a dit chère maman, je suis *votre* Ellen ! - et alors elle est devenue une telle beauté ! — certes, elle a toujours été une créature aussi jolie que possible, je le pensais, mais maintenant elle a l'air si sensée et si heureuse, et puis sa conduite est si facile et pourtant si grandiose que si je ne le savais pas ; au contraire, je croirais qu'elle est née grande princesse. — Et puis le doux bébé — avec sa petite bouche rieuse et ses jolis yeux ! — Et mon Seigneur aussi, pour être si bon — que j'ai failli lui dire une fois J'aurais souhaité qu'il s'éloigne de Llanwyllan : et c'est ce que j'ai souhaité, car aurais-je jamais pu penser que cela apporterait un tel honneur et un tel bonheur à Ellen !"

Ross et Joanna écoutèrent avec des sourires cette longue harangue, et bien que leurs éloges ne fussent pas aussi fluides, ils étaient au moins également charmés et ravis d'elle-même.

Saint Aubyn et son Ellen restèrent ainsi aimés et heureux à Llanwyllan pendant un certain temps, pendant lequel Ellen visita avec la plus grande gentillesse chaque ferme dont elle avait autrefois connu les habitants, et réjouit chaque pauvre chaumière non seulement de ses sourires, mais de plus des marques substantielles de sa faveur et de sa bienveillance.

Au cours de la première quinzaine, Ellen apprit qu'il y avait un attachement mutuel entre son amie Joanna et un jeune ecclésiastique, qui faisait les devoirs d'une paroisse à moins de trois milles de ceux remplis par le digne Ross, et apprenant de ce bon homme qu'il n'avait aucune objection à ce mariage, car M. Griffiths était un homme d'excellente moralité et bien adapté à Joanna, tant par son âge que par son caractère, et que la seule objection possible était l'étroitesse de ses revenus, et qu'il n'y avait pas d'objection à ce mariage. presbytère pour les vivants qu'il servait, ni aucune maison à plusieurs kilomètres où ils pourraient résider, elle consulta son seigneur, et l'occasion suivante dit à Ross :

"Mon cher Monsieur, j'ai une proposition à vous faire. C'est la demande mutuelle de mon Seigneur et de moi-même, et vous ne pouvez pas imaginer à quel point vous nous obligerez en vous y conformant."

"Je ne sais pas", dit Ross, "ce que je pourrais refuser à l'un ou l'autre de vous."

« Mon père, » dit-elle, « se plaint beaucoup de la solitude de ses soirées d'hiver ; pourtant il n'aime pas quitter Llanwyllan et venir vivre près de chez nous, comme nous le souhaitions sincèrement ; mais il dit que nos modes de vie sont si différents de ceux auxquels il est accoutumé, et le voyage lui paraît d'une longueur si effrayante, qui n'a jamais été à cinquante milles de chez lui, qu'il dit qu'il doit se contenter de l'espoir de nous voir ici parfois et terminer son voyage. vie là où il l'a commencé. Mais ah, mon cher monsieur, ses souhaits, ainsi que les nôtres , sont que vous et Mme Ross déménagiez à la ferme de Llanwyllan et quittiez cette maison pour Joanna et votre futur gendre. Vous êtes maintenant, nous le pensons tous, trop avancé dans la vie pour servir trois églises, comme vous l'avez fait pendant de nombreuses années : abandonnez-en deux à M. Griffiths, avec l'allocation qui y est attachée : et sûrement, sûrement, ma très chère Monsieur, vous ne refuserez pas d'Ellen, de votre petite élève, un insignifiant témoignage de son amour pour rendre votre vie et celle de votre chère Mme Ross confortable, et pour vous permettre de donner Joanna à son amant avec suffisamment de suffisance pour les rendre faciles . "

Elle se leva et lui mit un portefeuille dans la main : « Pas un mot : je n'entendrai pas un mot. Pour une fois, votre Ellen sera obstinée et ne *vous écoutera même pas* .

Elle sortit en courant de la pièce, chercha Joanna, lui fit mettre son chapeau et l'accompagna dîner à la ferme, laissant un message gai à Mme Ross, lui disant qu'elle espérait entendre une réponse favorable à sa demande. le prochain jour.

Cette allusion suffisait pour que la bonne dame sache de Ross ce que Lady St. Aubyn voulait dire : elle le trouva accablé d'une tendre gratitude. Le portefeuille contenait des billets en grande quantité, avec un bout de papier contenant ces mots :

> Mon cher monsieur,
>
> J'ai adapté le texte ci-joint plutôt à vos souhaits très limités qu'à mon propre sentiment de ce que j'aurais dû faire . Je vous en prie, que cette petite transaction ne soit plus jamais mentionnée, à moins qu'un projet plus agréable à vos yeux que celui que je vous proposerai lorsque je vous le donnerai ne vous vienne à l'esprit. Si ma demande vous déplaît , rejetez-la sans hésitation.
>
> Tu es toujours obligé
>
> ELLEN ST.AUBYN .

Ross expliqua alors à sa femme ce qui s'était passé, et ils convinrent tous deux qu'aucun plan ne pouvait être conçu plus souhaitable pour toutes les parties ; et qu'il serait à la fois impoli et ingrat de refuser un présent, dont ils auraient cependant sincèrement souhaité qu'il ait moins de valeur.

Tout fut bientôt enfin réglé à la grande joie de Powis , qui était ravi de l'idée de ses sympathiques détenus. Les jeunes amants étaient également pleins de joie reconnaissante, et Ellen renonça à l'idée qu'elle avait autrefois eue de ramener Joanna chez elle : Ross s'y opposa, car il ne souhaitait pas qu'elle soit introduite dans des scènes de vie si différentes de celles-là. elle avait été, ou serait jamais à nouveau habituée ; et Griffiths n'aimait pas l'idée qu'elle aille aussi loin : bien plus, Joanna elle-même, même si elle avait souhaité voir le château de Saint- Aubyn , semblait maintenant très contente de rester toute sa vie dans la vallée de Llanwyllan .

CHAPITRE . VII.

Il semble que le ciel se déverserait sur de la poix puante ,
mais que la mer, montant jusqu'à la joue du welkin,
éteignait le feu. O, j'ai souffert
Avec ceux que j'ai vu souffrir ! Un vaisseau courageux ,
qui contenait sans aucun doute de nobles créatures,
fut mis en pièces. Oh! le cri a frappé
contre mon cœur même ! — Pauvres âmes, elles ont péri !

LA TEMPÊTE DE SHAKESPEARE.

St. Aubyn avait raconté à Ross la conclusion des circonstances qu'il lui avait confiées avant son mariage avec Ellen, et bien que cet homme vénérable se réjouisse que les intentions vindicatives d'Edmund aient été si heureusement vaincues, ni lui ni le comte ne se sentaient entièrement satisfaits de cette décision. sujet.

Lord De Montfort était certainement un personnage excentrique , et il était possible que ses sentiments impétueux prennent encore une autre direction, surtout si les catholiques fanatiques , dont il était généralement entouré, obtenaient des informations sur ces faits apparents qui militent tant contre le personnage. de Saint- Aubyn , et auquel seule sa propre parole s'opposait ; et qu'ils puissent le faire n'était en aucun cas improbable, si l'on se souvenait de ses errances nocturnes occasionnelles, au cours desquelles, comme il l'avait fait à Ellen, il pourrait ensuite révéler à quelqu'un d'autre ce qui les inciterait à insister sur une explication.

Ellen, il est vrai, l'avait tellement touché d'admiration et de tendresse, qu'il ne pouvait résister à son influence, mais désormais éloigné de toute chance de la revoir, on ne savait pas quelle tournure nouvelle prendrait son ardente imagination.

Toutes ces idées, que saint Aubyn avait soigneusement cachées à sa femme, il les communiquait à son vénérable ami, qui ne pouvait nier leur rationalité. Les souhaits des deux se concentraient sur un seul point, et c'était la découverte de De Sylva ; et rien ne pourrait être plus improbable que qu'il soit maintenant retrouvé après des années écoulées, au cours desquelles les agents de Saint- Aubyn et le marquis de Northington l'avaient recherché en vain, bien que leurs recherches se soient étendues à toutes les grandes villes. en Espagne, au Portugal, en France, en Italie et en Angleterre : il était en fait très probable qu'il soit mort, ou qu'il ait si complètement changé d'apparence et de nom qu'il vivait obscurement, peut-être dans l'un des endroits mêmes où ils avaient vainement essayé de le retrouver.

Ils ne discutèrent jamais de ces souhaits et de ces réflexions, sauf sans autres témoins, ne voulant pas partager aucune de leurs inquiétudes à Lady St. Aubyn , qui, heureuse dans ses projets bienveillants, dans la société de son père et de ses premiers amis, dans l'amélioration de sa beauté. et la santé de son adorable garçon, et l'amour constant et croissant de Saint- Aubyn , semblaient n'avoir plus aucun souci à se soucier.

De Charles Ross, vers cette époque, son père reçut des lettres exprimant le bonheur qu'il ressentait dans sa situation actuelle et sa gratitude envers Lord St. Aubyn , qui le lui avait procuré, ajoutant qu'il espérait rester dans sa position actuelle. pendant quelques mois, car ils remportaient constamment des prix, et sa part s'élevait déjà à une somme d'argent considérable.

Le comte ou la comtesse n'a jamais mentionné ni à ses parents ni à sa sœur sa folle erreur à leur égard pendant son séjour à Londres, ni les conséquences néfastes de celle-ci, ne voulant pas leur faire de la peine en apprenant ces transactions désagréables.

La situation de Llanwyllan n'était qu'à un mille du bord de la mer, et fréquemment Ellen et Joanna, accompagnées des nourrices et de l'enfant, s'y promenaient, Lady St. Aubyn pensant que la brise fine se revigorait et se fortifiait elle-même et le petit Constantine ; et les indulgences que son élévation inattendue lui avait procurées ne la rendaient pas inégale aux longues promenades à la campagne, ni moins heureuses d'explorer les repaires de son enfance. Fréquemment, St. Aubyn et M. Griffiths, qui était un jeune homme sensé et intelligent, avec l'éducation et les manières d'un gentleman , étaient leurs escortes : mais il n'y avait rien à craindre sur cette côte peu fréquentée, car bien que les navires passaient souvent à distance, il n'y avait même pas un village de pêcheurs à moins de trois milles de leur promenade habituelle.

Vers le milieu de juillet, le temps devint si chaud pendant trois ou quatre jours qu'il semblait interdire tout exercice, sauf très tard dans la soirée : ce degré de chaleur inhabituel fut suivi d'un terrible orage de tonnerre et d'éclairs ; et bien que le temps s'éclaircisse un peu au milieu de la journée, la soirée se termina de nouveau par une reprise du temps orageux, accompagné d'un vent violent.

Même si le temps avait été supportable, les Ross s'étaient rendus à pied à la ferme pour y passer le reste de la journée, et ils étaient là lorsque la tempête recommença avec des horreurs supplémentaires, et en fait aucun des convives n'était totalement sans inquiétude, de peur de la violence de la tempête. le vent devrait blesser l'ancien manoir.

Un des hommes qui avaient été envoyés le matin à Carnarvon pour quelque commission, et dont la route était près de la mer, revint vers neuf heures. Le tonnerre et les éclairs s'étaient alors calmés , mais le vent violent continuait, accompagné de torrents de pluie et d'obscurité excessive. Cet homme a déclaré avoir vu près de la côte un grand navire, visiblement en grand danger, car la plage sur laquelle il roulait était rocheuse et inaccessible, la marée montante et le vent soufflant de la mer, qu'il disait être plus agité. il ne l'avait jamais vu, et le navire peinait tellement qu'il craignait de le perdre.

Ce récit courut bientôt de la salle des domestiques au salon : les joues des femmes étaient blanchies par la terreur, et Mme Ross, joignant les mains, s'écria :

"Dieu préserve mon pauvre Charles !"

"Il est assez loin d'ici, ma chère," dit le bon Ross, "et selon toute probabilité tout à fait à l'écart de ce temps épouvantable."

"Peut-être", a déclaré Mme Ross, "mais je n'entends jamais le vent souffler sans penser à lui, et la vie d'un marin est si incertaine qu'on ne sait jamais où il se trouve ni à quoi il est exposé."

Pendant qu'elle parlait, ils entendirent distinctement le bruit d'un coup de canon tiré en mer.

"Écoutez!" dit Saint- Aubyn , c'est un canon de signalisation ! et encore ! un autre ! ce sont des canons de détresse : ne pouvons-nous rien faire pour ces pauvres créatures ?

" Oh ! essayez , essayez, dit Ellen ; mais sans vous exposer au danger, c'est, je le crains, impossible. "

"Il n'y aura aucun danger pour nous en descendant vers le rivage", a déclaré St. Aubyn . " Toi et moi, mon jeune ami, " (s'adressant à Griffiths) " avec les hommes de service et toute l'aide que nous pourrons rassembler dans le village, nous nous y précipiterons : nous pourrons au moins allumer quelques feux sur la plage, ou faire des signaux. d'une sorte ou d'une autre qui puisse être utile ; vous, mon cher monsieur, " (s'adressant à Powis) " et M. Ross, resterez et apaiserez les craintes des dames. "

"Oh, mais," dit Ellen, "ne vous exposez pas trop : le temps est épouvantable."

"Nous prendrons soin de nous, mon amour, comptez-y : il y a plein de box-coats dans le hall ; nous nous envelopperons, et si nous sauvons une vie, notre peine sera largement récompensée."

" Que Dieu vous bénisse pour votre bonté ", dit Mme Ross, " et fasse prospérer votre entreprise ! Oh ! ces pauvres marins ont peut-être des mères et des sœurs qui prient pour eux, comme nous le faisons pour le pauvre Charles. " Elle a pleuré et Joanna et Ellen n'ont pas pu retenir leurs larmes.

Les messieurs, accompagnés de tous les serviteurs masculins de Saint-Aubyn et de plusieurs gros ouvriers appartenant à la ferme, sortirent alors avec des lanternes et des torches qui pouvaient être préparées à la hâte : leur nombre fut considérablement augmenté par de nombreux villageois, qui, indépendants des récompenses offertes par St. Aubyn , ont été incitées par l'humanité et la curiosité à apporter leur aide.

Ils atteignirent bientôt le rivage, sur lequel battait violemment une marée haute ; et aux éclairs qui, quoique plus faibles et moins fréquents, brisaient encore par intervalles l'obscurité totale de la nuit, ils discernèrent bientôt un navire de taille considérable, maintenant très près du rivage ; ses voiles se déchiraient en morceaux, et à peine un mât se tenait debout, se dirigeant vers elles et tirant de minuscules canons en signe de détresse. Ils comprirent tous qu'il était totalement impossible de l'empêcher de s'échouer sur cette côte rocheuse et impraticable , et c'est pourquoi certains hommes furent envoyés au village pour chercher des cordes et d'autres articles qui pourraient être utilisés pour sauver la vie de l'équipage. Pendant ce temps, ceux qui restaient sur le rivage ramassaient tous les détritus qu'ils pouvaient trouver et allumaient deux ou trois grands feux, en criant quand le vent s'apaisait un peu, pour encourager les matelots, ce à quoi, une minute après, un cri des hommes répondit : à bord.

Moins d'une heure après leur arrivée, le navire fut conduit sur une corniche rocheuse, presque au pied de la falaise sur laquelle se tenaient saint Aubyn et son groupe ; et ils virent certains membres de l'équipage entassés dans deux petits bateaux, et d'autres arriver à terre avec des morceaux de bois ou tout ce qu'ils pouvaient trouver. Par intervalles, ils s'élevaient ou disparaissaient, selon que les vagues étaient plus ou moins puissantes ; mais à la fin un nombre considérable, plus de morts que de vifs, furent jetés à terre.

Plusieurs hommes, encouragés par les grandes promesses de Saint- Aubyn , s'enfoncèrent le plus loin possible dans la mer et aidèrent certains membres de l'équipage avec des cordes et par d'autres moyens, de sorte qu'enfin plus de cinquante hommes furent sauvés .

Peindre la gratitude de ces pauvres créatures, leurs exclamations mêlées de joie de leur fuite et d'horreur au souvenir de leur danger, serait une vaine tentative. Quelques-uns d'entre eux paraissaient être des étrangers, et deux ou trois portaient des vêtements turcs. Cependant, dans l'obscurité et la confusion qui régnaient, il était difficile de distinguer une personne d'une autre. Plusieurs marins anglais (car le navire était évidemment anglais et les étrangers étaient apparemment des prisonniers de guerre) étaient occupés à secourir un homme qui était arrivé à terre sans presque aucun signe de vie et à propos duquel ils semblaient très assidus. .

Saint -Aubyn avaient apporté des esprits et autres cordiaux au bord de la mer, et après avoir administré les rafraîchissements actuels que leurs besoins semblaient exiger, il confia maintenant tous ceux qui étaient capables de marcher sous la garde de Griffiths, lui demandant de ne pas les emmener. à la Ferme, craignant que la vue ne soit trop touchante pour ses habitantes féminines, mais il en disposa de la meilleure manière qu'il put, parmi les chaumières ou les granges appartenant aux fermes ; car dans les demeures de tous, sa générosité et sa gentillesse avaient procuré un accueil bienvenu à tous ceux qu'il choisissait d'envoyer ; il demanda également à Griffiths de se montrer à la ferme, de dire qu'ils étaient sains et saufs, puis de revenir. Il envoya une partie de son groupe chercher des charrettes, avec des couvertures, etc. pour transporter au village ceux des hommes qui ne pouvaient pas marcher.

À ce moment-là, la tempête s'était presque calmée, et une lune tardive commençait à se débattre à travers les nuages noirs qui pendaient encore à l'horizon : des morceaux du malheureux navire, avec des coffres de marins et d'autres objets, étaient de temps en temps jetés à terre ; plusieurs corps sont également arrivés à terre, et Saint- Aubyn a constaté que, bien qu'au moins cinquante aient été sauvés, plusieurs vies ont malheureusement été perdues.

Saint- Aubyn vit alors que le jeune homme, pour lequel les matelots avaient été si assidus, et qu'ils appelaient capitaine, commençait à reprendre vie, et s'approcha pour lui dire quelques paroles de consolation et de bonté. Un des matelots lui servait un verre de vin, tandis qu'un autre tenait une lanterne presque près de lui ; car la faible lumière de la lune servait à peine à distinguer les objets. Mais quelle ne fut pas la surprise , quelles émotions tumultueuses de Saint- Aubyn , lorsque, tandis que la lumière tombait en pleine lumière sur l'objet naufragé et à moitié expiré devant lui, il retraça les traits de Charles Ross ! Quelques heures auparavant, sa mère avait exprimé tant de tendres craintes et versé tant de prières ferventes, sans même imaginer qu'il partageait le danger réel qui les excitait.

Saint Aubyn partit, mais avec une tendre prudence, de peur que la surprise n'accable le malheureux, murmura à ses serviteurs de ne pas le nommer ni l'endroit où ils se trouvaient ; et s'approchant encore plus, il prit la main froide de Charles, et, mettant son propre chapeau sur son visage, lui dit d'être réconforté, car tout irait bien encore.

Le pauvre jeune homme, trop languissant pour faire autre chose que jeter un regard sur celui qui lui parlait, prononça quelques mots d'une voix faible, pour exprimer ses remerciements, puis murmura faiblement une demande pour savoir sur quelle côte lui et ses amis se trouvaient. avait été jeté.

"Sur aucun rivage hostile ou inhospitalier, assurez-vous", répondit Saint-Aubyn . "Tout ce que la mer épargnera sera soigneusement protégé pour vous et vos partisans. De nombreux coffres ont été jetés à terre; et comme le temps devient calme, quand le matin se lèvera, les bateaux de votre navire partiront vers l'épave, et tout ce qui a de la valeur, si possible, soit sauvegardé. »

"Je suis donc sur le terrain anglais ?"

"Sur la côte du Pays de Galles."

" Du Pays de Galles ! Oh, mon Dieu ! — Quelle partie du Pays de Galles ? "

"Ne soyez pas impatient : vous saurez tout en temps utile."

"Cette voix", dit Charles, "j'ai sûrement déjà entendu cette voix."

"J'ai été un grand voyageur ", répondit Saint -Aubyn : "nous nous sommes peut-être rencontrés ailleurs."

Charles posa encore quelques questions, auxquelles saint Aubyn répondit avec prudence ; et une charrette étant alors arrivée du village, Charles et deux ou trois autres y furent placés, sous l'escorte de Griffiths, à qui le comte raconta la récente découverte intéressante, le priant de veiller à ce que Charles ne soit pas trop subitement. surpris de savoir où il se trouvait.

Griffiths le vit logé en toute sécurité dans le meilleur endroit qu'on pouvait trouver pour lui ; et laissant le valet de St. Aubyn veiller près de lui et veiller à ce que personne ne lui parle jusqu'à son retour, il se hâta avec Lord St. Aubyn à Powis , où ils trouvèrent que toute la famille était restée éveillée toute la nuit, anxieuse au-delà de toute expression ; et quand Ellen vit St. Aubyn trempé, son chapeau et son manteau alourdis par la pluie et les embruns de la mer, elle lui reprocha tendrement de s'être ainsi exposé, tandis que les regards de Joanna lisaient la même leçon à Griffiths : mais tous deux étaient si heureux de le bien que leurs efforts avaient apporté, que les réprimandes étaient peu prises en compte ; et bientôt, à l'aide de vêtements secs, ils emblèrent plus à l'aise ; et après avoir expédié autant de choses nécessaires qu'on pouvait en rassembler aux pauvres marins, et surtout à Charles (bien que sa proximité fût gardée un profond secret pour ses parents et ses amis), tout le groupe se retira pour se reposer, ce qui en effet les fatigues de la nuit rendue extrêmement nécessaire à tous.

CHAPITRE . VIII.

L'image d'une faute odieuse et odieuse
Vit dans ses yeux : cet aspect proche de ses yeux
montre l'humeur d'un cœur très troublé !

LE ROI JEAN.

Saint Aubyn ne voulut pas troubler le repos d'Ellen cette nuit-là, ou plutôt ce matin-là, car le soleil s'était levé avant qu'ils se retirent, en mentionnant la découverte de Charles parmi les marins naufragés ; mais son propre souci de savoir comment parler au mieux de l'affaire à Ross et à sa femme ne lui permettait pas de dormir tard, malgré la fatigue qu'il avait endurée.

Dès qu'il fut reposé , il se rendit à la chaumière où Charles avait été placé, et le trouva très rétabli : il avait été très épuisé pendant la tempête, qui avait duré plus longtemps en mer qu'à terre ; il avait travaillé avec une activité incessante pour sauf le navire, dont il était le commandant, bien qu'il n'eût pas le grade de capitaine, et ne l'avait quitté que lorsque tout espoir de s'échapper était perdu : il était aussi considérablement meurtri, car il ne voulait pas s'embarquer dans les bateaux, mais avait flotté pour atterrir sur un morceau de bois. Le repos, cependant, avait dans une certaine mesure repris ses forces, et bien qu'encore languissant, il espérait pouvoir se lever dans le cours de la journée et voir ce qui pourrait être fait pour sauver ses biens et ceux de ses camarades.

Tout cela, Saint Aubyn l'apprit de son valet de chambre, qui était assis à côté du jeune homme et empêchait d'approcher quiconque aurait pu l'informer trop soudainement que ses parents étaient si proches .

Saint Aubyn , cependant, jugea maintenant opportun que cette information lui parvienne : il se rendit donc dans la petite chambre où reposait Charles : elle était obscurcie autant que possible ; et saint Aubyn s'assit à son chevet sans être reconnu. Il s'enquit avec beaucoup de bonté de la santé du malade, ce à quoi Charles répondit qu'il allait mieux : « Mais sûrement, ajouta-t-il, j'ai déjà entendu cette voix : même au milieu des horreurs de la nuit dernière, où elle a été si généreusement exercée en me réconfortant et en dirigeant les autres pour le confort de mes pauvres camarades de bord, cela m'a semblé profondément gravé dans ma mémoire, même si je ne me souviens pas du nom de son propriétaire.

"C'est une voix", dit Saint- Aubyn , "vous avez certainement déjà entendu : je reconnais la vôtre aussi et je connais votre nom : c'est Ross."

"C'est effectivement le cas", dit Charles. "Je vous en prie, dites-moi le vôtre , car il est réconfortant de penser que je ne suis pas tout à fait parmi des étrangers."

"Vous serez convaincu que non, quand je vous dirai que je m'appelle St. Aubyn ."

"Saint Aubyn ? *Seigneur* Saint Aubyn ?"

"Le même."

"Oh, combien je te dois !" s'écria Charles : « Je rougis de me souvenir de mon ancienne ingratitude et de ma folie.

"N'en parle plus, c'est complètement oublié."

" Ah, mon Seigneur, comme vous êtes bon. Mais n'avez-vous pas dit hier soir que nous étions sur la côte du Pays de Galles ? Dites-moi, je vous en supplie, sur quelle partie de cette côte. Je commence à espérer, connaissant Lady St. Aubyn's. ancienne résidence."

Il s'arrêta, essoufflé, avec des émotions contradictoires.

"Lady St. Aubyn et moi-même," répondit calmement St. Aubyn , "sommes en visite chez des *amis* dans ce quartier . La tempête d'hier soir et l'annonce qu'un navire était en détresse m'ont incité à faire sortir mes domestiques et quelques autres pour voir si nous pourrions rendre quelque service aux malheureux marins. Une des amies avec qui nous étions me bénit et pria pour que mon entreprise prospère. Ses prières furent entendues : c'étaient la fervente supplication d'une *mère* pour son *fils*. , même si elle ne savait pas et ne pouvait pas croire qu'il était impliqué dans le danger.

"Ah ! Ciel !" s'écria Charles, c'était *ma* mère ! Parlez, monseigneur, parlez ! Ne sommes-nous pas à Llanwyllan ou près de lui ?

"Soyez calme et je vous le dirai."

"Je suis calme et capable de tout entendre."

"Vous êtes à Llanwyllan . Votre père, votre mère et Joanna ont été obligés par la tempête de la nuit dernière de rester chez Powis : là, je les ai laissés dormir en paix, sans savoir ni imaginer que leur fils et leur frère étaient si proches."

Les larmes coulaient sur les joues de Charles, et son cœur se gonflait de gratitude envers son sauveur terrestre et céleste.

Après quelques minutes, car saint Aubyn était heureux de voir ses émotions trouver un soulagement si désirable et ne voulait pas l'interrompre, il saisit la main que le comte lui avait tendue et aurait dit quelque chose pour exprimer sa gratitude, mais saint Aubyn était heureux de voir ses émotions trouver un soulagement si désirable et ne voulait pas l'interrompre. Aubyn l' en empêcha en disant :

"Pas un mot à ce sujet, M. Ross : le mien était l'impulsion de la simple humanité, et je me réjouis vraiment qu'il m'ait conduit à sauver une vie si chère à des amis grandement respectés par moi et Lady St. Aubyn . Rassurez-vous. . J'espère que dans la journée vous serez en état d'être placé sous le toit de votre père ; en attendant je préparerai son esprit, ainsi que celui de votre mère et de votre sœur, à une rencontre si tendre et là aussi ; un autre ami à Llanwyllan qui sera heureux de vous voir : votre ancienne camarade de jeu et jeune compagne, Ellen, se réjouira de votre sécurité ; tout ira bien, et j'espère que même votre propriété sera sécurisée, car les bateaux sont déjà. Je suis parti à l'épave, et j'ai envoyé des personnes sur lesquelles je peux compter, pour voir tout ce qui est sauvé protégé de la déprédation.

"Vous êtes trop bon, mon Seigneur ; trop bon !" » dit Charles, tout à fait accablé.

« Je dois maintenant vous quitter, » dit Saint- Aubyn : « nos amis communs m'attendront, et j'ai une tâche ardue en perspective, car je redoute l'effet sur l'esprit de vos parents de la révélation que je dois maintenant leur faire. ".

Il prit alors congé, ordonnant que tous les soins possibles soient apportés au malade.

St. Aubyn attendit après le petit déjeuner pour raconter à Ross et à sa femme les derniers événements ; ce repas terminé, ils parlèrent de retourner au Presbytère, mais il les pria de ne pas y aller, car il avait quelque chose de très important à leur dire : il leur révéla alors de la manière la plus douce et la plus judicieuse la découverte de la nuit. auparavant, et ils ont mieux soutenu la communication que ce à quoi il s'était attendu.

Le pieux Ross leva ses yeux et son cœur vers le ciel en signe de reconnaissance pour la merveilleuse évasion de son fils, tandis que Mme Ross et Joanna sanglotaient l'une sur l' autre et mêlaient leurs larmes à leurs expressions de joie et de gratitude. Ellen versa une larme de tendre sympathie et se réjouit, sans crainte d'offenser Saint Aubyn , qui n'était plus jaloux , de la sécurité de son premier ami.

Dans l'après-midi, Charles put se lever, et Saint Aubyn envoya sa voiture pour le conduire au Parsonage, où Ellen et lui étaient prêts à le recevoir et à soutenir l'esprit de ses vénérables parents et de sa tendre sœur.

Ils supportèrent tous la rencontre avec un calme passable et, les premières émotions passées, étaient impatients d'apprendre comment Charles, qu'ils avaient supposé faire une croisière près de Gibraltar, avait été exposé à la fureur d'une tempête sur la côte du nord du Pays de Galles.

Il leur dit que presque immédiatement après la date des dernières lettres qu'il leur avait écrites, des ordres avaient été reçus pour le retour du navire qu'il commandait en Angleterre, et après réaménagement à Falmouth pour rejoindre une petite escadre qui naviguait au large de la côte. de France : qu'à son retour chez lui, il était tombé sur une frégate française, supérieure à la sienne en force, mais qu'il avait réussi à prendre après une bataille acharnée, au cours de laquelle son propre navire avait été très blessé ; qu'il avait mis quelques-uns de ses propres officiers et hommes à bord du prix, et qu'il avait emmené à bord de son propre navire quelques-uns des Français et des Algériens , qu'ils avaient précédemment capturés ; que la violence de la tempête et l'état désemparé de son navire l'empêchaient de se rendre au port qu'il aurait souhaité faire, et l'avaient finalement repoussé sur cette côte, l'obscurité de la nuit ne lui permettant pas de savoir où il se trouvait . C'était : ce qu'était devenu son prix, il l'ignorait, mais comme il était un meilleur voilier que son propre navire, il était probable qu'il avait atteint en toute sécurité quelque port de la côte de Cornouailles.

"Et maintenant, ma chère mère," dit Charles, "si nous pouvons seulement sécuriser mon coffre, nous y trouverons un petit trésor de dollars et quelques bijoux assez précieux, dont j'ai l'intention de disposer en guise de part de mariage. car Joanna, si quelqu'un veut l'avoir, » (et il jeta un regard malicieux à Griffiths, dont la tendre sollicitude pour sa sœur ne lui avait pas échappé) « et sinon, j'aurai droit à une part tolérable du prix en argent, pour lequel J'ai combattu durement et je contribuerai à vous faciliter la vie, vous et mon père. Certes, je dois passer devant une cour martiale pour la perte du navire de Sa Majesté, mais ce n'est qu'une question de forme, et je suis sûr que mes hommes témoigneront que j'ai fait tout ce qui était en mon pouvoir pour le sauver - et une jolie créature qu'elle était : je n'ai jamais souhaité naviguer dans un meilleur, mais elle n'a pas été perdue par ma faute, donc je dois être contente.

Ils sourirent de sa nonchalance de marin et furent très heureux d'apprendre que son coffre de mer et tout son contenu avaient été débarqués en toute sécurité.

Parmi les soins humanitaires de Saint-Aubyn pour ses propres compatriotes , les malheureux prisonniers ainsi jetés sur un rivage étranger ne furent pas oubliés. Il veilla à ce que leurs besoins les plus immédiats soient pourvus, et écrivit aux personnes compétentes à Londres pour savoir quel serait leur sort futur, se contentant en attendant de faire garder une légère garde sur eux ; mais il n'y avait pas beaucoup de probabilité qu'ils aient tenté de s'échapper dans leur état actuel, certains blessés, tous faibles et impuissants.

L'un des captifs français s'est avéré être un prêtre catholique, un homme vénérable et respectable, qui résidait depuis de nombreuses années à Gibraltar, d'où, apprenant qu'il pouvait maintenant rentrer en France en toute sécurité, il s'était embarqué sur le navire Charles Ross. avait capturé, espérant finir ses jours là où il les avait commencés, sur les bords de la Garonne.

Cette circonstance n'avait été connue que deux jours après le naufrage, et le bon Ross, considérant ce malheureux homme comme le serviteur du même maître, bien que parlant une autre langue et différant sur bien des points de croyance, l'avait invité à partager sa propre table. ; et Mme Ross avait, comme la pieuse Sunamite , préparé pour lui « une petite chambre avec un lit », où il pourrait se reposer.

Le soir de ce jour-là, le temps étant extrêmement beau, Lady Saint- Aubyn et Joanna exprimèrent le désir de se rendre au bord de la mer pour examiner l'épave et voir l'endroit où Charles et ses amis avaient débarqué.

Tous les vestiges les plus douloureux du naufrage avaient été enlevés, et les corps des malheureux marins qui avaient flotté à terre avaient été enterrés dans le cimetière de l'église, où Griffiths avait lu le service funèbre.

St. Aubyn et Charles avaient quelques petites affaires à régler concernant les survivants, mais ils désiraient que Griffiths s'occupe des dames , et ils les suivraient sous peu. Mme Bayfield souhaitait également voir l'endroit où le naufrage s'était produit, et Ellen souhaitait que son petit Constantine aille aussi, car elle pensait que l'air marin lui faisait du bien. Ils partirent donc de bonne heure, car la tempête avait refroidi l'air, et ils désirèrent passer quelque temps sur le rivage.

Ils atteignirent bientôt la plage et trouvèrent la mer si calme, si belle qu'elle ne ressemblait pas au même élément qui avait provoqué une telle destruction la nuit précédente.

Griffiths leur montra l'épave qui, comme les eaux étaient basses, apparaissait très près du rivage, et leur montra l'endroit précis où Charles et les autres avaient débarqué.

Ils frémirent tous les deux et pâlirent à la douloureuse rétrospection, et Joanna exprima de nouveau sa gratitude envers St. Aubyn et Griffiths, dont les efforts les avaient sauvés.

Pendant qu'ils se promenaient le long de la plage, ils rencontrèrent deux ou trois marins anglais, qui étaient à la recherche de tout autre objet que la mer aurait pu laisser sur le sable, et leur parlant reçurent leurs remerciements et leurs bénédictions. les soins et la gentillesse dont ils ont bénéficié.

Sur un gros morceau de bois près du bord de l'eau était assis un des Algériens : il avait l'air excessivement faible et malade, et tandis qu'ils s'approchaient de lui, il les considérait avec un air de sombre désespoir.

"Comme cet homme a l'air malade", dit Ellen à l'un des marins : "il semble sur le point de mourir. "

"Oui, ma dame, et il mourra, car il a rampé avec difficulté jusqu'ici, il est si malade; et la femme où il loge dit qu'il se lamente toute la nuit et ne prend aucun repos."

« Pauvre créature ! dit Ellen : « il se lamente sans doute sur sa terre natale et sur les amis qu'il a laissés derrière lui. »

« Je crois, ma Dame, » répondit le marin, « qu'il déplore ses crimes, car l'un des prisonniers français qui parle un peu anglais me dit que cet homme avoue qu'il a été un grand pécheur et qu'il a été élevé chrétien, mais a renoncé à sa religion et a renié son Dieu pour le gain, parmi les Turcs et les Mahométans , et autres.

"Horrible!" dit Ellen : "Y a-t-il de tels misérables ?"

Pendant qu'elle parlait, le pauvre misérable s'approcha d'elle à pas faibles, et lui demanda en français si elle aurait la bonté d'acheter un bibelot qu'il avait à vendre, tout ce qui lui restait de jours meilleurs.

Ellen parlait français mais imparfaitement : elle pouvait le lire et le comprendre assez bien, mais n'essayait pas d'y converser ; elle savait cependant ce qu'il disait, et bien que sa nature frémisse devant un être dont elle avait entendu un récit si choquant, elle s'efforça de lui répondre avec courtoisie : sa voix, cependant, était basse et son accent n'était pas parfaitement intelligible au public. Algérien ; et pensant qu'elle avait l'intention d'accepter son offre, il tira de son sein une croix composée de gros rubis sertis d'or, et la lui mit dans la main : il soupira profondément ; et la vue de cet ornement, qui semblait corroborer l'histoire selon laquelle cet homme avait été élevé chrétien, donna à Ellen une sensation douloureuse : elle s'efforça de lui faire comprendre qu'il fallait soulager ses besoins sans qu'il se sépare du bibelot qu'elle lui offrait. lui offrit à nouveau.

À ce moment, Mme Bayfield, avec les infirmières et le petit Constantine, s'approchaient d'eux : elle jeta les yeux sur l' Algérienne , elle trembla, elle regarda de nouveau ; elle aperçut le regard de ses yeux sombres et sombres, et le son de sa voix parvint à ses oreilles : aussitôt elle s'écria :

— *Ce* misérable ! et arrachant l'enfant à sa nourrice, elle le serra contre son sein et s'enfuit en criant en courant : « Venez, ma Dame, oh, venez pour l'amour de Dieu ! laissez ce monstre : venez, Miss Ross, courez ! volez ! nous tuera tous. »

Aussi sauvage et extraordinaire que cette panique paraisse à Ellen, ses pieds obéirent involontairement, et avec la croix toujours à la main, elle s'enfuit soudain de ce pauvre malheureux maladif, qui, incapable de suivre, resta étonné de leur attitude apparemment frénétique .

Joanna et Griffiths coururent après la comtesse ; bien que personne encore ne connaisse la cause de cette alarme extraordinaire ; et Bayfield, effrayé, courait si vite que, bien qu'encombré de l'enfant et avancé en âge, ils ne pouvaient pas facilement la rattraper.

Pendant qu'ils se précipitaient, chacun incapable de s'expliquer l'étrange terreur qui les avait tous saisis, ils furent accueillis par St. Aubyn et Charles Ross, qui, passant Bayfield à une petite distance, ne furent pas remarqués par elle, et voyant Ellen et Joanna apparemment terrifié, courut par un chemin plus court pour les rencontrer.

"Que diable s'est-il passé ?" dit saint Aubyn en les voyant pâles et presque essoufflés. "Ellen ! Joanna ! que s'est-il passé ? Quelqu'un vous a-t-il effrayé ? Griffiths, qu'est-ce qui les a ainsi alarmés ?"

« En effet, mon Seigneur, » dit Griffiths, « je suis aussi ignorant que vous ; les dames parlaient au pauvre Turc malade sur le rivage, et Mme Bayfield a tout à coup saisi l'enfant de sa nourrice, s'est enfuie, et nous a appelés à le suivre, car nous serions tous assassinés : Lady St. Aubyn et Joanna ont immédiatement obéi, et j'ai suivi, mais pourquoi, ou quelle était la cause de l'alarme, je suis incapable d'imaginer.

"Je crois... je pense", haleta Ellen, "que Bayfield savait quelque chose de l'homme à qui nous parlions, car elle trembla en le regardant et dit qu'il allait nous assassiner, ou des paroles dans ce sens."

"Qu'est-ce que tu as dans la main, Ellen ?" dit saint Aubyn . "Des pouvoirs célestes ! Qu'est-ce que c'est ?"

Ses membres tremblaient et il devenait si pâle qu'elle crut qu'il s'évanouissait.

« C'est une croix, monseigneur, répondit-elle, une croix que l'homme, le Turc, m'a proposé de me vendre . J'ai oublié que je l'avais à la main.

Elle le lui a donné; il jeta les yeux dessus et s'écria :

"Cet homme ! Où est-il ? Ciel miséricordieux ! Est-ce possible ! "

Et se reprenant tout à coup, il s'élança vers l'endroit où la malade Algérienne s'efforçait de les suivre lentement .

« Va avec lui », dit Ellen ; « suivez-le, Charles ; partez, M. Griffiths : il ne peut sûrement pas connaître cet homme ; peut-être qu'un mal s'ensuivra.

Ils obéirent instantanément ; et maintenant Ellen et Joanna, debout immobiles et regardant sérieusement saint Aubyn , le virent avec la rapidité de l'éclair voler vers l'Algerine : ce qu'il disait, elles ne pouvaient pas l'entendre, mais avec un acte de la plus grande impatience, elles le virent avec un seul Une main arracha le turban du front du Turc, et de l'autre il le saisit violemment par le col, tandis que le pauvre malheureux se prosternait à terre, tremblant, devant lui. À ce moment-là, Griffiths et Charles Ross les avaient rejoints. Saint Aubyn parla, et aussitôt ils s'emparèrent de l' Algérien , le soulevèrent, ou plutôt le traînèrent de terre, mais l'empêchèrent de bouger, bien qu'en effet il ne pût pas aller loin.

Ellen, ne pouvant plus retenir son impatience de connaître le sens de cette scène, se précipita vers eux, bien que tremblante tant Joanna pouvait à peine la soutenir. Comme ils approchaient, saint Aubyn s'écria d'une voix rauque de passions opposées :

" Ne viens pas ici, mon Ellen ; ne laisse pas une pureté comme la tienne respirer l'air contaminé par ce monstre !

"Voleur ! Meurtrier ! Vil apostat de ton Dieu !" cria-t-il avec des gestes presque frénétiques au misérable tremblant devant lui. " La main de la vengeance t'a enfin rattrapé, et le compte que tu dois maintenant rendre est long et terrible. Oui, regarde-moi ; je suis l'homme que tu as si profondément blessé ; je suis Saint Aubyn .

« Va, Ellen, » cria-t-il encore, « laisse-nous ; Joanna, va avec elle ; Griffiths, accompagne-les ; Charles et moi sommes assez pour sécuriser ce scélérat ; d'ailleurs voici des matelots qui nous aideront.

Ellen obéit en silence aussi vite que ses terreurs le lui permettaient, car désormais elle ne doutait plus de la cause de toute cette scène, qui paraissait à Joanna et Griffiths comme si une folie soudaine s'était emparée d'abord de Bayfield puis de St. Aubyn .

CHAPITRE . IX.

Oh, c'est monstrueux, monstrueux !
Il me semblait que les vagues parlaient et m'en parlaient :
le vent me l'a chanté ; et le tonnerre,
ce tuyau d'orgue grave et terrible, ——a fait basse mon intrusion !

TEMPÊTE.

——Les saisons ainsi—
Tandis qu'ils roulent sans cesse autour d'un monde discordant,
ils les trouvent toujours heureux, et le printemps consentant
jette sa propre guirlande rose sur leurs têtes.

THOMPSON.

———————————

Lentement et d'un pas tremblant, Ellen quitta la plage et se dirigea vers le village : à peine avaient-ils parcouru beaucoup de mètres avant d' être accueillis par Bayfield et deux ou trois des domestiques . La pauvre femme avait enfin été convaincue de confier la garde de son enfant à sa nourrice, qui l'avait rattrapée ; et rencontrant heureusement les domestiques qui, poussés par la curiosité, allaient à la plage pour voir l'épave, elle revint avec eux, craignant qu'aucun dommage n'arrive à son seigneur ou à sa dame.

" Dieu merci, Madame, " dit la bonne créature, qui tremblait encore et paraissait pâle, " que vous êtes en sécurité ! le cher enfant est en sécurité aussi : mais où est mon Seigneur ? Oh, mon cher Seigneur ! bien sûr qu'il ne s'est pas fait confiance avec ce misérable seul.

" Soyez calme, Bayfield, soyez apaisé ", dit Ellen : " vous nous terrifiez avec ces émotions : votre Seigneur est en sécurité ; M. Charles Ross et les matelots sont avec lui : mais qui est cet homme que vous semblez tant craindre ? Le La pauvre créature ne semble pas susceptible de blesser qui que ce soit, car elle semble à moitié morte. »

" Oh, ma Dame, ne le plains pas, " s'écria Bayfield ; " mais êtes-vous sûre qu'il n'a pas de pistolets sur lui ? C'était un pistolet, vous savez, ma Dame..., mais je m'oublie : un mot, Madame, s'il vous plaît." Elle prit Ellen à part et dit : « Votre Seigneurie ne s'étonnera pas de mon inquiétude, quand je vous dirai que l'homme avec qui vous parliez était la personne même que mon Seigneur a recherché en vain si longtemps ; c'était ce misérable De Sylva ! souvenez-vous du regard de son œil sombre et malicieux : il n'a jamais quitté mon souvenir depuis le soir où je l'ai rencontré par accident avec ma défunte dame marchant dans le Cork Grove, trois ou quatre jours avant sa mort, alors que je ne savais pas qu'il se trouvait à proximité de nombreuses personnes. à des kilomètres de l'endroit ; et commençant à les voir ensemble, il me lança un tel regard ; je ne l'oublierai jamais : je crus qu'il me regardait quand même sur la plage, et j'attendais à chaque instant qu'il me dégaine un pistolet et a tiré sur certains d'entre nous - peut-être sur le bébé par dépit envers mon seigneur, et cela m'a fait m'enfuir de cette manière : oh, je n'étais pas moi-même, et je ne le serai plus cette nuit. Oh, que mon seigneur de Montfort était ici. pour que tous ses doutes cruels mettent un terme à jamais , c'est sûr que le méchant va tout avouer maintenant.

Ellen l'entendit avec une émotion silencieuse mais tumultueuse et se précipita autant que possible vers le presbytère, envoyant cependant les hommes à la rencontre de leur seigneur.

Le presbytère étant plus proche de la plage que la ferme, Ellen et ses amis s'y arrêtèrent et supplièrent M. Griffiths de se dépêcher de retourner à St. Aubyn et de lui dire où il la trouverait : elle demanda alors à Ross d'aller dans son bureau avec et là, sachant qu'il était parfaitement au courant des circonstances qui étaient arrivées à Saint- Aubyn en Espagne, elle lui demanda comment procéder et qu'il s'efforcerait de calmer les violentes émotions que la découverte de De Sylva avait excitées dans le sein de Saint -Aubyn .

" Sûrement ", dit le pieux Ross, " la main du ciel est évidente dans cet événement extraordinaire ! La bonne humanité qui poussa Lord St. Aubyn à sauver les pauvres marins dans la tempête, n'était pas seulement le moyen par lequel la vie de mon Son fils a été préservé, et les cheveux gris de sa mère et de moi-même ont empêché de descendre avec douleur dans la tombe, mais il s'est aussi, je l'espère, procuré la satisfaction qu'il souhaitait le plus ardemment, en ramenant de Sylva à sa portée. Providence miraculeuse ! De quelles causes apparemment improbables ta main toute-puissante produit-elle les événements les plus intéressants ! »

on entendit du bruit au dehors, et Saint- Aubyn se précipita dans la chambre, pâle, agité, presque essoufflé. Charles Ross, Griffiths et deux ou trois matelots suivaient, conduisant ou plutôt portant le misérable De Sylva : misérable en effet était toute son apparence : son turban turc avait été arraché de sa tête, et ses longs cheveux noirs coulaient autour de son visage en un clin d'œil. désordre sauvage. Ce visage dont saint Aubyn se souvenait quelques années auparavant, rayonnant de vivacité et de beauté virile, était maintenant pâle, hagard et montrait les marques d'une vieillesse prématurée. — Ces yeux, autrefois si pleins de vie et de gaieté, roulaient maintenant dans un horrible effroi ; et cette forme, si agile, si gracieuse lorsqu'il menait la danse enjouée avec la malheureuse Rosolia , était maintenant courbée par la maladie et rétrécie par la peur. — Oh, quels ravages la culpabilité fait-elle sur le visage et la silhouette humaine ! tel qu'il se tenait, avec des regards qui terrifiaient chaque spectateur. De Sylva n'avait alors guère plus de trente ans, et pourtant la vigueur de sa constitution, épuisée par les excès, son âme en proie à toutes les souffrances qui tourmentent le criminel, sa carrière était terminée ; la tombe s'est ouverte pour le recevoir, et en quelques jours il était évident qu'il devait mettre fin à sa vie et à ses péchés ensemble.

"Retire-toi, mon amour," dit saint Aubyn à sa femme tremblante, "ce n'est pas une place pour toi : tu sais, je vois qui est ce misérable être : cette croix, qu'il t'a offerte, était celle que le malheureux Rosolia le portait le soir même où elle alla rencontrer ce scélérat à l'Ermitage : voyez ici mon chiffre sur cette plaque d'or, car celui-ci, avec le riche collier dont il dépendait, était mon cadeau. — Va, mon amour : l'histoire qui ce misérable homme s'est engagé à dire qu'il est impropre à votre tendre sensibilité de participer.

Ellen obéit aussitôt et avec joie, et les matelots furent également renvoyés, car le malheureux, faible et épuisé, était trop malade pour tenter de s'échapper, et il ne pouvait pas parler avant que quelques remèdes n'aient été administrés.

Pendant cette pause, Ross suggéra à saint Aubyn l'opportunité d'avoir quelqu'un présent pour recevoir la confession de De Sylva qui serait capable de la prendre exactement telle qu'elle a été délivrée, dont saint Aubyn , qui seul était suffisamment maître de la langue française pour le faire. , fut rendu incapable par son extrême agitation ; de plus, il vint à l'esprit de Ross que cette personne devait être totalement étrangère à Lord St. Aubyn , afin que son témoignage puisse être totalement libre et sans influence.

Saint Aubyn était tout à fait d'accord avec lui, mais il ne savait plus sur qui se tourner, quand tout à coup Ross se souvint du prêtre catholique, qui se trouvait à ce moment-là réellement dans la maison et que saint Aubyn n'avait jamais vu.

Ce respectable vieillard fut donc mandé , et saint Aubyn lui expliqua en quelques mots la nature du service qu'on lui demandait ; et il accepta volontiers de prendre et d'assister à la déposition de De Sylva.

Il parlait en français, avec des pauses et des interruptions fréquentes, occasionnées par sa faiblesse et son émotion.

« Je suis Français de naissance, mais je suis entré très jeune au service espagnol, mon père étant mort, et mes relations maternelles de cette nation s'engageant à veiller à ma future promotion.

"Je n'ai pas besoin, mon Seigneur, de répéter le début de ma connaissance avec vous, ni la bonté avec laquelle vous m'avez reçu dans votre villa près de Séville, réception dont j'ai ensuite si mal récompensé l'hospitalité.

"La beauté de Lady St. Aubyn a attiré tous les regards, et le mien en particulier, car son regard rayonnait gentiment sur moi en retour.

"Je ne vous offenserai pas, mon Seigneur, en détaillant les progrès de notre intimité : vous en êtes devenu mécontent et vous l'avez soudainement emmenée dans une villa près de Sierra Morena . Avec l'aide de Theresa, sa servante préférée , elle a réussi à me laisser je savais où elle était allée ; et dès que j'ai pu obtenir un congé, je l'ai suivie.

"Nous nous sommes rencontrés fréquemment dans les bois autour de la villa, et une fois nous avons été rencontrés en train de marcher dans le Cork Grove par votre gouvernante, Mme Bayfield, et j'ai eu des raisons de croire qu'elle a ensuite observé les actions de sa dame.

" Lady Saint- Aubyn , fatiguée de la vie morne qu'elle menait, me proposa de s'enfuir avec moi et d'aller à Paris : à cet effet elle me fournit plusieurs sommes d'argent, et un grand nombre de bijoux de valeur, parmi lesquels une très belle bague. , qui, m'a-t-elle dit, était à vous, monseigneur, et que vous aviez une grande valeur ; et elle a avoué qu'elle avait pris cette bague en particulier, parce qu'elle savait que la perte vous contrarierait et elle l'espérait, car Bayfield n'avait accès qu'à elle ; les bijoux, la perte de ce précieux joyau vous amènerait à la soupçonner et ferait honte à la femme que nous détestions tous les deux.

Ici, saint Aubyn cachait son visage et gémissait : il était affligé d'entendre que la femme qu'il avait autrefois aimée avait pu être si atrocement méchante.

"Quelques nuits après cela, monseigneur," continua de Sylva, "vous m'avez vu essayer de grimper par une échelle de corde à la fenêtre de l'appartement de lady Saint-Aubyn : ce qui a suivi vous est bien connu ; mais rien n'a jamais été plus éloigné de mon intentions que de vous rencontrer à l'endroit désigné ; au contraire, j'ai informé Rosolia par l'intermédiaire de Thérèse de ce qui s'était passé, et j'ai fixé à cette heure-là pour la rencontrer à l'Ermitage, où je me proposais d'apporter un habit de garçon et de m'enfuir avec elle. sous ce déguisement ; c'est dans ce but que je me procurai deux chevaux et les plaçai dans un bosquet entre l'Ermitage et la Posada, au pied de la montagne, où j'avais résidé depuis mon arrivée dans ce quartier .

"Je vous l'ai dit, mon Seigneur, j'avais un ami là-bas; mais c'était faux, et je l'ai dit seulement pour vous inciter à attendre le lendemain soir, afin que nous puissions avoir chacun un ami pour être témoin de notre rencontre.

" Rosolia vous surveillait depuis la maison après votre retour d' Alhama , d'où, comme vous veniez seul, nous avons conclu que vous aviez vainement cherché votre ami ; et, j'ai honte de le dire, pendant les quelques minutes que nous avons passées ensemble, combien nous nous sommes divertis. à l'idée de vos vains et infructueux ennuis.

" Continuez, monsieur, " s'écria férocement Saint- Aubyn , " épargnez ce détail et hâtez-vous de conclure cette détestable histoire. "

— Rosolia , reprit De Sylva, dit alors à son frère qu'elle avait un violent mal de tête et qu'elle s'efforcerait de s'en débarrasser. Elle se sépara avec tristesse de ce jeune homme et le quitta avec émotion. Elle courut à l'Ermitage. : nous n'avions pas de temps à perdre : elle avait emporté avec elle tous les objets de valeur qu'elle pouvait rassembler, et avait autour du cou le beau collier de rubis que vous lui aviez donné à Séville, et cette même croix que je viens d'offrir à ces dames du plage.

"Je l'ai pressée de changer rapidement de robe et je me suis retirée pendant quelques minutes, le temps qu'elle ajuste sa tenue masculine.

" Craignant une surprise , et pensant qu'il pourrait être nécessaire de nous défendre dans notre fuite, j'avais apporté avec moi le pistolet que vous, monseigneur, m'aviez donné la nuit précédente : je l'ai pris dans ma main, de peur que personne ne s'approche de moi. cherchez Lady St. Aubyn , déterminé si quelqu'un le faisait, à mettre fin à leur existence et (je l'avouerai tout) je n'aurais pas été désolé si Bayfield avait croisé mon chemin ;

"Mais comme je me retournais pour sortir de l'Ermitage, mon pied heurta une inégalité du sol, et voulant me relever, le pistolet partit dans ma main, et la balle entra dans la tête de la malheureuse Rosolia .

« Elle tomba instantanément – un seul gémissement lui échappa. Je m'approchai, espérant qu'elle était seulement alarmée par le bruit, ou légèrement blessée ; mais à mon grand étonnement et horreur, elle n'était qu'un cadavre essoufflé.

« Dans ce moment terrible, ma première idée fut de fuir instantanément, puisque cela seul pouvait me sauver. — Mais pourquoi, pensais-je, puisqu'elle est morte, devrais-je laisser derrière moi ces précieux ornements ? — Et oh ! — combien mon cœur était endurci. !

"La femme que j'avais admirée et déclaré aimer, avait à cet instant rendu son dernier soupir - tombée par ma main, quoique d'un coup involontaire, et au moment même où, par une fuite coupable, elle avait résolu de me donner le plus grande preuve d'amour, et unir son sort au mien : pourtant ces terribles circonstances me firent si peu d'impression, que j'eus assez de sang-froid pour dégrafer le collier coûteux de son cou et les bracelets de ses bras, bien que ce corps, récemment si épanouie et si animée, n'avait pas encore froid dans la mort. — Tel est l'amour des méchants !

" D'une manière ou d'une autre, comme je l'ai découvert par la suite, j'ai laissé tomber et j'ai perdu l'anneau précieux dont j'ai parlé précédemment ; et comme je savais que je l'avais juste avant d'entrer dans ce fatal Ermitage, j'ai conclu que c'était là que je l'avais perdu.

"Je m'enfuis maintenant le plus vite possible vers l'endroit où se trouvaient mes chevaux, et montant l'un et menant l'autre, je partais au galop à toute vitesse.

"Considérant que la première recherche pour moi se ferait dans les montagnes, j'ai pris une route immédiatement en face et j'ai atteint la petite ville d' Andurar cette nuit-là : j'y ai vendu mes chevaux et j'ai acheté des vêtements de rechange, de peur que ceux que je portais n'identifient mon car je pensais que je serais soupçonné du meurtre, volontaire ou accidentel, de la malheureuse comtesse, mais j'étais aussi convaincu que j'aurais deux ou trois heures d'avance sur mes poursuivants, car elle avait l'habitude constante de divaguer ; au moins à cette époque, et par conséquent ne serait pas manqué.

"Je voyageais cependant principalement de nuit, me cachant le jour soit dans des bois épais, soit dans les restes de châteaux maures, et ne m'aventurant près d' une ville ou d'un village que lorsque des provisions étaient indispensables ; car maintenant la crainte d'être arrêté comme déserteur, mon congé étant expiré depuis quelque temps, j'ai pris les plus strictes précautions nécessaires à ma sécurité.

« Au bout d'une semaine environ, j'atteignis Almaneca , et me débarrassant de quelques-uns de mes bijoux, je m'embarquai à bord d'un navire qui allait à Venise, où je comptais rester quelque temps, puis prenant un autre nom, pour me rendre à Paris, où je Je savais que le fait de parler français comme un indigène m'empêcherait d'être reconnu. Nous n'étions en mer que depuis trois jours lorsqu'un corsaire algérien s'est précipité sur nous, et après un conflit court mais sévère, nous avons été capturés et transportés à Alger .

"Ici, dépouillé de toutes mes richesses mal acquises, sauf de cette croix, que quelques restes d'affection pour la mémoire de la malheureuse Rosolia m'avaient fait cacher si soigneusement qu'on ne la découvrait pas, je me trouvai prisonnier et parut condamné. pour finir mes jours en esclavage.

"C'était ma fortune d'être achetée par un maître très en faveur auprès du Dey , qui, satisfait de ma vivacité et de mon habileté en musique, me reçut en sa faveur et me tenta enfin avec des offres si élevées, si Je devenais mahométan , que moi, qui n'ai jamais su ce qu'était la vraie religion et qui tenais mes principes trop à la légère pour être très acharné à les soutenir, j'ai bientôt consenti à être ce qu'il voulait de moi, et abjurant solennellement la foi chrétienne, je suis devenu son fils adoptif, et héritier de toutes ses richesses. Par ce moyen aussi, j'étais sûr d'échapper à toute recherche qu'on pourrait faire pour moi ; car qui pourrait songer à chercher de Sylva sous le turban d'un Turc et dans le fils adoptif ; du bey Abdallah ?

« Il y a environ un an, mon père adoptif est mort ; et las de la vie couchée et inactive que mènent habituellement les Turcs, j'ai décidé d'armer un navire armé et de m'amuser à remonter l'archipel et à visiter certaines des îles grecques, non sans l'intention latente de quitter complètement Alger et de retourner dans quelque État européen : à cette fin j'emportai avec moi toutes les richesses que je pouvais rendre portables : ce dessein je l'exécutai en conséquence, mais je n'avais pas quitté Alger depuis longtemps, lorsque nous fûmes attaqués et capturé par une frégate française.

"A partir de ce moment, je n'ai jamais connu la paix.

" Craignant d'être découvert, sachant que la punition pour désertion doit être la mienne, si nous touchions à un port espagnol, et je serais reconnu ; redoutant d'être accusé du meurtre de Lady St. Aubyn , dont, bien qu'innocent, je Je n'ai pas pu me justifier ; et, surtout, ma conscience s'est réveillée, en étant de nouveau parmi les chrétiens, du péché dont j'avais été coupable en apostasiant ma religion, j'ai mené une vie de peur, d'inquiétude et d'angoisse – une vie. ce qui, je le sens, sera bientôt terminé : et, oh, comme c'est terrible de penser que mon châtiment ne fait que commencer ...

« Oh ! monsieur, ajouta le pauvre malheureux en se jetant aux pieds du vénérable prêtre qui, ainsi que tous ceux qui étaient présents, avait entendu avec horreur le détail de ses crimes, vous êtes un prêtre, un catholique de cette église. J'ai si méchamment abandonné. Pouvez-vous me donner de l'espoir ?

"Je suis prêtre et catholique", répondit le vieil homme, "et je serai disposé et désireux de vous donner toute la consolation en mon pouvoir. À présent, vous avez donné la meilleure preuve de repentir, par la confession que vous avez faite. , et pour le confirmer, vous devez le signer de votre nom et reconnaître la véracité de ce que j'ai écrit, devant toutes les personnes présentes.

Il a ensuite donné le document à lire à De Sylva, qui l'a signé et a déclaré qu'il était exact.

" Je le jurerais ", ajouta-t-il avec des accents navrés : " mais oh ! par quoi un misérable comme moi peut-il jurer et être cru ! "

Il fut maintenant transporté dans un lit décent dans la maison de Ross, qui, en véritable pasteur chrétien, ne voulait pas l'abandonner à son désespoir ; mais placé à son chevet, il s'efforça, en collaboration avec le prêtre catholique De la Tour, par les attentions les plus consolantes et les espérances fondées sur son repentir actuel, de repousser le démon intrusif et occupé, qui assiégeait fortement l'âme du misérable. .

Le misérable De Sylva s'attarda près d'une semaine, tourmenté par des craintes coupables et osant à peine espérer la miséricorde : pourtant ses pieux consolateurs lui donnaient de l'espoir, car il se repentait profondément et la cherchait dans ce saint nom, qui, bien qu'une fois qu'il avait nié, il le reconnaît maintenant très humblement.

Le sixième soir, il expira.

"Ne jugez pas, car nous sommes tous des pécheurs."

Dès que la confession de De Sylva fut reçue, Saint Aubyn envoya un messager express aux personnes compétentes à Londres, demandant la permission d'envoyer Jean Batiste de la Tour, un prêtre français, dans l'Oxfordshire , où il croyait que Lord de Montfort se trouvait alors à un de ses sièges, avec des papiers de la plus haute importance pour ce noble et pour lui-même, de la Tour ayant été témoin de l'aveu d'un prisonnier depuis sa mort, qui impliquait des préoccupations du plus grand intérêt matériel. Il demanda également la permission pour que De la Tour reste attaché à la suite de Lord de Montfort, ou soit en liberté conditionnelle au château de Saint-Aubyn , jusqu'à ce qu'il puisse obtenir le consentement du gouvernement pour son retour dans son pays natal ; car saint Aubyn ne supportait pas que ce vieillard impuissant et vénérable restât prisonnier de guerre et finisse ses jours dans un pays étranger.

La réponse fut favorable aux souhaits de Sa Seigneurie, et Charles Ross entreprit d'escorter De la Tour dans l'Oxfordshire : entre-temps , un détachement arriva pour garder les autres prisonniers au dépôt du Shropshire .

Ross et De la Tour partirent ensemble, emportant avec eux la déposition de De Sylva, la croix de la malheureuse Rosolia , qui avait été trouvée en sa possession, et tout autre document susceptible de convaincre l'esprit de De Montfort.

La tranquillité semblait maintenant rétablie dans le village de Llanwyllan , mais malgré la satisfaction ressentie par St. Aubyn de pouvoir ainsi s'exonérer complètement de tout soupçon qui pourrait encore se cacher dans le sein d'Edmund, son propre esprit n'était en aucun cas tranquille.

Douloureuse était la rétrospection que l'aveu de De Sylva lui avait imposée : toutes les misères qu'il avait éprouvées tant d'années auparavant semblaient renouvelées, et son imagination s'arrêtait sur les scènes horribles de l'Ermitage. Le corps sanglant de Rosolia gisait de nouveau devant lui, et sa pitié pour son sort misérable « coupé même dans la fleur de ses péchés », lui faisait oublier tous les crimes qu'elle avait commis envers lui.

Pendant plusieurs jours, il resta extrêmement abattu, et il fallut toutes les tendres attentions d'Ellen et les sourires encourageants de son adorable garçon pour chasser de son esprit les impressions douloureuses que cette découverte tardive y avait plantées.

Aussi vite que possible, un messager revint de Lord de Montfort. Il reconnut sa pleine conviction de l'innocence de saint Aubyn et implora son pardon pour les années d'inquiétude que ses soupçons lui avaient fait souffrir : il exprima la plus grande gratitude pour la bonté indulgente de toute la conduite de saint Aubyn envers sa malheureuse sœur, dont il il avait maintenant des preuves si convaincantes et une horreur de sa culpabilité, trop accablante pour qu'on s'y attarde. Il demanda à De la Tour de rester dans sa suite jusqu'à ce que des dispositions soient prises pour son retour en France, si le vieil homme le souhaitait finalement.

Peu de temps après l'arrivée de cette lettre, Ellen en reçut une de Lady Juliana, dans laquelle elle exprimait son mécontentement face à leur long séjour au Pays de Galles et leur demandait de considérer qu'à l'époque de sa vie, elle ne pouvait espérer profiter davantage de leur société. , et les sourires de son chéri Constantine, dont elle avait envie d'être témoin de la croissance et de l'amélioration.

Cette lettre détermina Lord et Lady St. Aubyn à quitter le Pays de Galles le plus tôt possible : en effet, l'automne avançait maintenant, et ils craignaient pour leur jeune voyageur les misérables routes, et souhaitaient bien sûr être au château avant la fin de l'été. .

Lady St. Aubyn avait cependant décidé d'être témoin du mariage de Joanna et de veiller à ce que tout soit arrangé pour le transport des Ross à la ferme : il était également nécessaire que Charles Ross se rende à Londres pour ses propres affaires ; Joanna fut donc incitée à donner la main à Griffiths plus tôt qu'elle ne l'avait prévu, et au début du mois d'août, la cérémonie fut célébrée par le vénérable Ross. Lord St. Aubyn a donné la mariée, et lorsque la cérémonie fut terminée , dit :

" Puissiez-vous, ma chère Joanna et votre digne mari, connaître autant de bonheur que moi et ma chère Ellen depuis que cet autel a été témoin de nos vœux mutuels, et vous serez en effet aussi heureux que l'humanité peut espérer l'être. "

Ellen embrassa tendrement sa première amie et, avec des larmes d'affection, se joignit aux aimables vœux de son Seigneur bien-aimé.

Toute la garde-robe de la mariée avait été le cadeau de Lady St. Aubyn , qui a fait preuve de jugement en ordonnant tout ce qui était excellent en son genre, mais rien de beau ou de voyant .

Lord St. Aubyn offrit au couple nouvellement marié plusieurs articles d'argenterie et de meubles utiles et beaux ; et lorsqu'ils quittèrent Llanwyllan , ils eurent le bonheur de savoir que le digne Powis serait vraiment mis à l'aise grâce à ses nouveaux détenus, et que toutes les premières relations d'Ellen étaient bénies dans la mesure de leurs souhaits.

Charles Ross a parcouru une partie du chemin avec Lord et Lady St. Aubyn , plein de remerciements pour toute leur gentillesse envers lui et sa famille ; et ayant conquis tous les désirs aspirants, il était ravi d'être témoin du bonheur de son Ellen autrefois aimée, sans envier celui de son excellent Seigneur.

Ils eurent peu après le plaisir d'apprendre que toutes les questions relatives à son dernier voyage désastreux avaient été heureusement et honorablement réglées, que sa prise avait atteint le port de destination en toute sécurité et que, grâce à l'intérêt de Lord St. Aubyn , Charles Ross fut bientôt promu au rang de Capitaine et commandement d'une belle frégate.

Les St. Aubyn trouvèrent Lady Juliana attendant leur arrivée au château de St. Aubyn : et ses réprimandes prévues pour leur long séjour se transformèrent en larmes de joie à la vue de son chéri Constantine, maintenant capable de marcher seul et avec des regards expressifs d'amour. s'efforçant d'articuler, quoique imparfaitement, les doux noms de papa et de maman, et apprenant bientôt à distinguer Lady Juliana avec des sourires affectueux et de petits bras enroulés autour de son cou, chaque fois qu'elle s'approchait de lui.

Juste avant Noël, Sir Edward et Lady Leicester arrivèrent à Rose-Hill, où ils passèrent quelques semaines. De Montfort passa ce soir-là au Château, avec plusieurs autres visiteurs. Edmond, autrefois sombre et excentrique, était devenu une autre créature ; et ses manières, maintenant animées et gaies, étaient très élégantes, et le peu de singularité qui se montrait encore parfois dans ses expressions, semblait seulement donner un air d'originalité à son caractère.

Nous avons maintenant terminé notre récit ; car les scènes de paix et de bonheur continus, aussi désirables que soient les possesseurs, ne sont que fades dans leur description.

Saint Aubyn et sa charmante épouse jouirent longtemps de ce bonheur serein que méritaient leurs vertus ; et en diversifiant la scène, par des excursions occasionnelles au Pays de Galles, ils y eurent le réconfort de trouver leurs amis entourés de bénédictions dont ils leur étaient redevables. Au Château ou à Londres, entourés de leur charmante jeune famille, ils reconnaissaient encore que c'était dans la vie domestique qu'ils trouvaient leur plus chère félicité ; et sans plus de tristesse qu'il n'en est inséparable de l'humanité, leurs années s'écoulèrent au milieu des joies de l'amitié et des délices de l'amour conjugal et parental.

LA FIN.

Milton Keynes UK
Ingram Content Group UK Ltd.
UKHW030853131024
449481UK00005B/241